Mina Wolf, Journalistin und Gelegenheitstexterin, opfert den Sommer, um einen Aufsatz über den Dreißigjährigen Krieg für die Festschrift einer Kleinstadt zu schreiben. Eine irre Nachbarin, die Tag für Tag von morgens bis abends auf ihrem Balkon lauthals singt, zwingt sie, nur noch nachts zu arbeiten. Die kleine, enge Straße gerät in Aufruhr und in Minas Kopf vermischen sich der Dreißigjährige Krieg, die täglichen Nachrichten über Krieg und Terror mit der anschwellenden Aggression in der Nachbarschaft. Als auch noch eine Krähe in ihre nächtliche Einsamkeit gerät, die sie Munin nennt und mit der sie ein Gespräch über Gott und die Welt beginnt, ist das Chaos in Minas Kopf komplett.

Monika Maron ist 1941 in Berlin geboren, wuchs in der DDR auf, übersiedelte 1988 in die Bundesrepublik und lebt seit 1993 wieder in Berlin. Sie veröffentlichte zahlreiche Romane, darunter »Flugasche«, »Animal triste«, »Endmoränen«, »Ach Glück« und »Zwischenspiel«, außerdem mehrere Essaybände, darunter »Krähengekrächz« und die Reportage »Bitterfelder Bogen«. Sie wurde mit mehreren Preisen ausgezeichnet, darunter dem Kleist-Preis (1992), dem Friedrich-Hölderlin-Preis der Stadt Bad Homburg (2003), dem Deutschen Nationalpreis (2009), dem Lessing-Preis des Freistaats Sachsen (2011) und dem Ida-Dehmel-Preis (2017).

Weitere Informationen finden Sie auf www.fischerverlage.de

MONIKA MARON

Munin
oder
Chaos
im Kopf

Roman

FISCHER Taschenbuch

Erschienen bei FISCHER Taschenbuch
Frankfurt am Main, Mai 2019

© 2018 S. Fischer Verlag GmbH,
Hedderichstr. 114, D-60596 Frankfurt am Main

Druck und Bindung: GGP Media GmbH, Pößneck
Printed in Germany
ISBN 978-3-596-19812-2

1.

In den Nächten war es still. Oft saß ich lange in dem kühlen Luftzug, der durch die Balkontür ins Zimmer wehte, und genoss das anonyme Rauschen der Stadt, das akustische Konglomerat aus Motorengeräuschen, trunkenen Stimmen, Musikfetzen, Hundegebell, dem warnenden Schrei einer schlaflosen Krähe; hin und wieder auch das Klappen von Fenstern oder Autotüren, was in unserer schmalen Straße, in der überhaupt nur acht Häuser standen, so laut widerhallte, dass es ein Gefühl von familiärer Intimität erzeugte: einer von uns geht jetzt schlafen oder ist nach Hause gekommen – eine Nähe, die nichts bedeutete und trotzdem schön war, in der Nacht, nur in der Nacht.

Würden wir nicht in dieser engen Straße wohnen, wäre vielleicht gar nicht passiert, was in den letzten Wochen geschehen war und in der nächsten Zeit vielleicht geschehen würde.

Es begann im März. Über Nacht endete das nasskalte, eher noch winterliche Wetter und beglückte die von der Kälte erschöpften Menschen mit einem makellos blauen Himmel und fast sommerlichen Temperaturen. Überall, auch in unserer Straße, wurden Fenster und Balkontüren weit geöffnet, um die Erinnerung an den Winter aus den Wohnungen zu vertreiben. Aber schon am ersten Tag mischten sich in das unverhoffte Glück so schrille wie vertraute Misstöne, die ich und vielleicht auch die anderen Bewohner über den Winter vergessen hatten oder wenigstens gehofft, dass sie uns diesen Sommer nicht verleiden würden wie die vergangenen. Auf dem Balkon des mickrigen Hauses aus den sechziger Jahren, schräg gegenüber meinem Haus und eingeklemmt zwischen zwei stattlichen, stuckverzierten Altbauten, stand sie wieder und sang, sofern man das Jaulen und Kreischen, in dem sich nur selten eine Melodie erkennen ließ, überhaupt Gesang nennen konnte. Sie war eine robuste, man könnte auch sagen derbe Person von schwer schätzbarem Alter, aber auf keinen Fall jung, mit einem ihrer Erscheinung unangemessenen Hang zu divenhaften Auftritten, zu denen, da große Bühnen ihr offenbar verwehrt geblieben waren, ihr nun ein höchstens zwei Quadratmeter großer Balkon dienen musste, den sie mit künstlichen Blumen, Schleierfetzen, einem pinkfarbenen Luftballon und allerlei Firlefanz ausgeschmückt hatte. Sobald ihr irgendein Straßengeräusch die Anwesenheit von Publikum signalisierte, und sei es nur ein einsamer Spaziergänger mit seinem Hund, betrat sie mit durchgedrücktem Kreuz und gerecktem Kinn den Balkon, führte einen Arm schwungvoll von der Brust seitwärts in die Luft und begann, lauthals Töne aneinanderzureihen, deren harmonischer oder auch disharmonischer Zusammenhang ihr Geheimnis war. Einmal habe ich gesehen, wie ein Hund stehen blieb und interessiert zu ihr aufsah, was der Sängerin, die, wie ich erfuhr, Hunde eigentlich hasste, ein glückliches Lächeln abrang. Es rührte mich. Das war zu Beginn des vorletzten Sommers, und damals sah ich in der Sängerin noch eine wundersame und erheiternde Episode. Als ich einige Tage später an ihrem Haus vorbeikam und sie gerade etwas sang, was ich entfernt als eine Melodie aus dem *Weißen Rössl* identifizierte, machte ich es wie der Hund. Ich blieb stehen und sah zu ihr hoch. Ich lächelte sogar, was sie ermutigte, das Einzige, was sie zum Gesang befähigte, ihr überaus leistungsstarkes Stimmorgan, mit voller Kraft einzusetzen. Danach lief ich nur noch mit gesenktem

Kopf durch die Straße, sobald sie sich auf dem Balkon blicken ließ.

Obwohl ich schon über zehn Jahre in dieser Straße wohnte, kannte ich außer den Bewohnern meines Hauses die meisten Menschen nur vom Sehen, grüßte mich mit einigen, kannte aber weder ihre Namen noch ihre Berufe. Manchen allerdings hatte ich Berufe zugeordnet, von denen ich meinte, dass sie zu ihnen passten. Nur mit Frau Wedemeyer aus dem Nachbarhaus sprach ich manchmal, weil ihre blonde, hochbeinige Mischlingshündin, animiert durch ein Fleischpaket in meiner Hand, mich einmal mit ihren regennassen, sandigen Pfoten angesprungen und dabei meine weißen Jeans gründlich eingesaut hatte. Frau Wedemeyer wollte unbedingt die Reinigungskosten übernehmen, was aber nicht nötig war, weil die Jeans sich ja waschen ließen, aber für den Fall, dass Folgekosten entstünden, nannte mir Frau Wedemeyer ihren Namen und die Etage, in der sie im Nachbarhaus wohnte. Von ihr wusste ich, dass die Sängerin schon seit vier Jahren in unserer Straße wohnte, aber zwei Jahre unauffällig war, dass man ihr schon die Wohnung gekündigt hatte, erfolglos, denn die Frau sei verrückt, »also behindert«, verbesserte sich Frau Wedemeyer, und behinderten Menschen eine Wohnung zu kündigen sei nahezu unmöglich, jedenfalls hätte das der amtliche Betreuer der Frau erklärt. Das war gegen Ende des vergangenen Jahres. Ich hatte den größten Teil des Herbstes nicht in Berlin verbracht, so dass ich die Zuspitzung der Ereignisse nur aus den Erzählungen von Frau Wedemeyer kannte. Wütende Beschimpfungen seien durch die Straße gebrüllt worden: halt deine Schnauze, hau ab, blöde Kuh, Maul zunähen und dergleichen. Und direkte Nachbarn der Sängerin, die nicht nur im Sommer, sondern das ganze Jahr über unter ihrem Sangeswahn litten, hätten den Vermieter veranlasst, der Frau die Wohnung zu kündigen, erzählte Frau Wedemeyer.

Und wo soll sie hin, fragte ich.

Ins Heim? Frau Wedemeyer hob ratlos die Schultern.

Nur weil sie gern und falsch singt?

Ja, sagte Frau Wedemeyer, es ist schwierig, vielleicht beruhigt sie sich ja wieder.

Das war kurz vor Weihnachten, die Fenster, auch das der Sängerin, wurden nur zum Lüften geöffnet. Und wen das gerade unausweichliche Gedudel von *Jingle Bells* und *White Christmas* selbst auf öffentlichen

Toiletten nicht störte, hatte für die nächsten Monate seine Ruhe.

Aber nun war es Frühling, der erste warme Tag, die Fenster weit geöffnet, und sie war wieder da. Jemand hatte seine Wut über den Winter offenbar nicht vergessen. Schon nach einer Stunde bellte eine grobe Männerstimme etwas aus einem Fenster des Eckhauses, wovon ich nur das Wort Schnauze verstand und die Sängerin ganz und gar unbeeindruckt blieb. Alle anderen Bewohner der Straße hielten sich auch in den nächsten Tagen mit Unmutsbekundungen zurück. Man rollte höchstens die Augen oder deutete ein verzweifeltes Lächeln an, wenn man sich begegnete, während die Sängerin sich auf ihrem Balkon in der zweiten Etage zu koloraturähnlichen Übungen verstieg.

Das Frühlingswetter hielt nicht lange an, aber die Befürchtung, der kommende Sommer würde unsere Nerven so strapazieren wie der letzte, war geweckt und sollte sich erfüllen.

Aber es hatte sich etwas verändert seit dem letzten Sommer. Die Menschen waren gereizter und je nach Naturell fatalistisch oder aggressiv geworden, was nicht nur die Bewohner unserer Straße betraf, sondern auch alle anderen, und das nicht, weil die

Welt sich in den letzten zwölf Monaten so verändert hätte, sondern gerade weil sie sich nicht verändert hatte, weil das, was schon vor Jahren begonnen und sich im vergangenen Jahr in Krieg, Krisen und weltweitem Terror entladen hatte, alltäglich geworden war. Niemand glaubte, dass sich das bald ändern würde. Trotzdem könnte man nicht sagen, dass die Menschen ihren Glauben verloren hatten, weil das vorausgesetzt hätte, dass sie einen Glauben hatten, aber glauben, egal ob an Gott, eine Idee oder auch nur an andere Menschen, war verpönt. Geblieben war nur der Unglauben, dass es in Europa je wieder einen Krieg geben könnte, dass unser gutes Leben ein Ende haben könnte, dass afrikanische Stammes- und Religionskriege in Deutschland einziehen könnten. Und jetzt war der Krieg sehr nah und die Ahnung, dass dieses gute Leben nicht von Bestand sein musste, und die Vorboten ferngeglaubter Fehden auch. Allmählich fielen die Menschen sogar von ihrem Unglauben ab, und alles schien wieder möglich.

So jedenfalls erklärte ich mir die nervöse, leicht explosive Stimmung, die ich überall, bei Freunden und Fremden, zu spüren glaubte. Vielleicht bildete ich mir das aber auch nur ein, und die Menschen kamen mir nur so reizbar und missgestimmt vor, weil ich selbst reizbar und missgestimmt war. Vielleicht hatten sie ganz andere Gründe für ihre freudlosen Gesichter; Geldsorgen, Liebeskummer oder Krankheit, und nicht eine den Alltag verdüsternde Sorge um ihr gewohntes Leben, das sie nun, da es bedroht war, mehr liebten, als sie bis dahin geglaubt hatten. Aber schließlich hatten sie wie ich die Nachrichten gehört oder gesehen, vielleicht sogar die Zeitung gelesen, und warum sollte das in ihnen nicht ähnliche Gefühle ausgelöst haben.

So ließe sich ihre leicht entzündbare Stimmung erklären, die zu jenen Ereignissen führte, die unsere kleine, nicht einmal Taxifahrern geläufige Straße in die Schlagzeilen der Lokalpresse befördern sollte.

In diesem Sommer hatte ich einen längeren Aufsatz über den Dreißigjährigen Krieg für die Festschrift einer westfälischen Kleinstadt zu schreiben, die sich ihr tausendjähriges Jubiläum so viel kosten ließ, dass ich mir alle Reisepläne versagte, um mich stattdessen den Landsknechten frühneuzeitlicher Warlords auszuliefern. Was mich für diesen lukrativen Auftrag empfohlen haben könnte, wusste ich nicht. Weder hatte ich bisher über vergangene noch über gegenwärtige Kriege geschrieben und war auch keine Expertin für das 17. Jahrhundert, schon gar nicht für Westfalen. Ich nahm an, dass man vorher namhaftere und somit weniger bedürftige Personen gefragt hatte, die ihren Sommer diesem düsteren Thema nicht opfern mussten, und dass einer von ihnen mein Name eingefallen war, um ihre Ablehnung versöhnlicher zu gestalten oder weil diese Person mir wohlgesonnen war.

Ich war nicht zum ersten Mal gezwungen, mir in wenigen Wochen ein hochgestapeltes Expertentum anlesen zu müssen, um über ein Thema zu schreiben, von dem ich keine Ahnung hatte, jedenfalls nicht mehr als jeder andere oberflächlich gebildete Mensch. Es wäre ohnehin vermessen gewesen, in einen Wettstreit mit den Heerscharen von Historikern zu treten, die der Erforschung des Dreißigjährigen Krieges ihr Leben gewidmet hatten. Es kam nur darauf an, den einen Faden, vielleicht nur ein Fädchen zu finden, das für Historiker nicht von Belang war, das nicht in die Logik von Herrschaftskämpfen, geostrategischen Konfliktlagen, militärischen Bündnissen und Staatenbildungen passte, eine zarte Nervenfaser aus jener Zeit, über die sich ein Signal senden ließ an unser Nervengestränge. Nur darauf kam es an.

Ich begann bei Wikipedia, durchforstete Amazon und bestellte mir zwei Bücher, die der Verlag als »auch für breitere Kreise geeignet« empfahl. Die heimatkundlichen Aspekte könne ich vernachlässigen, hatte mir mein Auftraggeber gesagt, denen werde der Direktor des ortsansässigen Gymnasiums, ein studierter Historiker, einen eigenen Beitrag widmen. Ich solle mich eher auf das große Ganze konzentrieren. Die Kombination von »das große Ganze« und »konzentrieren« hielt er offenbar für geeignet, um seine Erwartung in meine Arbeit zu beschreiben.

Vor neun Uhr war von der Sängerin nichts zu befürchten. Wenn das Wetter es zuließ, frühstückte ich auf dem Balkon und las in der Zeitung die täglichen Berichte über irrsinnige Finanztransaktionen, von denen ich nichts verstand, oder über die ständig wachsende Anzahl menschlicher Geschlechter, die sich neuerdings hinter einer unverständlichen Abkürzung verbargen, oder über einen Terroranschlag in Syrien, Irak, Jemen oder auch in Paris, oder jemand erklärte, warum wir mit Rücksicht auf muslimische Mitbürger auf einige säkulare Selbstverständlichkeiten verzichten müssten.

Alle paar Wochen nahm ich mir vor, die Zeitung zu kündigen, hatte es bisher aber immer bei der Absicht belassen. Auf das Zeitunglesen beim Frühstück zu verzichten, nur um von den Zumutungen der Nachrichten verschont zu bleiben, änderte schließlich nur etwas an meinen Frühstücksgewohnheiten und nichts am Zustand der Welt.

An diesem Morgen ging es wieder einmal vor allem um Geld, um Hunderte Milliarden, die alle möglichen Gläubiger zurückhaben wollten, obwohl sie wussten, dass sie ihre Milliarden nie zurückbekommen würden, aber trotzdem nicht großmütig darauf verzichten konnten wegen der demoralisierenden Folgen. Wenigstens den psychologischen Aspekt des Problems konnte ich verstehen. Ich versuchte gerade mir vorzustellen, wie derartige Milliardensummen als elektronische Datenströme hin und her dirigiert wurden, ohne sich dabei in nichts aufzulösen, als die Sängerin trällernd ihren Balkon betrat. Ich erhob mich nur so weit, dass ich über meine üppig blühenden Zwergmargeriten und Lobelien einen vorsichtigen Blick schräg hinüber zur Sängerin werfen konnte, aber sie war offenbar im Erspähen von Publikum so geübt, dass sie mich trotzdem entdeckte und im selben Augenblick vom selbstgenügsamen Trällern in schrille Bühnenlautstärke wechselte. Ich nahm Kaffeetasse, Zeitung und Zigaretten, zog mich in die Wohnung zurück und widmete mich hinter geschlossenen Fenstern und Türen den Grausamkeiten des Dreißigjährigen Krieges. An den darauffolgenden Tagen bedurfte es nicht mehr meiner unvorsichtigen Neugier, um die Sängerin zum vollen Einsatz ihres Stimmpotentials zu animieren. Sie setzte meine Anwesenheit voraus. Wenn sie mich auf dem Balkon vermutete, stellte sie sich in die meinem Haus zugewandte Ecke ihres Balkons, fuchtelte auch mit ihren Armen in meine Richtung und veränderte ihre Position erst, wenn sie hörte, wie ich die Balkontür schloss.

Schon nach zwei Tagen war mir klar, dass ich die dynastischen und religiösen Wirren des Dreißigjährigen Krieges nicht durchschauen würde, wie immer ich mich auch mühte. Spanien und die Niederlande, Frankreich und Spanien, Dänemark und Schweden, Katholische Liga und Protestantische Union, der Friede von Prag, der Friede von Lübeck, endlich der Westfälische Friede – es war hoffnungslos. Ich verfluchte diesen Krieg, natürlich verfluchte ich alle Kriege, und der Dreißigjährige Krieg war so lange vorbei, dass er mir egal sein könnte, hätte ich nicht dringend das Geld gebraucht, das die westfälische Kleinstadt bereit war, der Erinnerung an ihren protestantischen Opfermut zu zollen. Eigentlich verfluchte ich meine missliche Lage und die armseligen Honorare, die mir die Zeitungen zahlten, weil sie angeblich selbst kein Geld mehr verdienten wegen des Internets, ich verfluchte also auch das Internet, in dem ich gerade nach dem Fenstersturz von Prag suchte, mit dem der ganze dreißigjährige Schlamassel angefangen hatte. Durch die Fenster drang das zwar gedämpfte, aber unüberhörbare Gejaule der Sängerin.

2.

Schon in den letzten Maitagen spitzte sich die Lage
zu. Das erfuhr ich von Frau Wedemeyer, die ich traf,
als sie mit einer jungen Frau und deren kleinen
Tochter vor dem Nachbarhaus stand und in offen-
sichtlicher Erregung etwas besprach, das nur der
Sängerin gelten konnte, die ausnahmsweise stumm
auf ihrem Balkon stand und von den Frauen hin
und wieder mit einem verstohlenen Blick bedacht
wurde. Eigentlich hatte ich mich an dem Gespräch
nur mit einem freundlichen Gruß beteiligen wollen,
aber Frau Wedemeyer bestand darauf, mich in die
neuesten Ereignisse einzuweihen. Lotta, die fünfjäh-
rige Tochter der jungen Frau, die sich mir als Frau
Ahrend vorstellte, hatte ihrer Mutter auf der Straße
unbedingt ein Lied vorsingen wollen, das sie gerade
im Kindergarten gelernt hatte, worauf die Sängerin, die das wohl als Parodie ihres eigenen Gesangs
verstanden hatte, das erschrockene Kind unflätig

beschimpft und der Mutter, als sie ihre Tochter verteidigte, das Wort Arschloch hinterhergebrüllt hatte.

Lotta habe sich bis zum Abend nicht von dem Schock erholt und fürchte sich seitdem, überhaupt auf die Straße zu gehen, sagte Frau Wedemeyer, während Frau Ahrend ihre Rede mit bekümmertem Kopfnicken begleitete und Lotta, an das Bein ihrer Mutter geklammert, mit traurigen Blicken auf Frau Wedemeyer und mich ihre Verstörtheit demonstrierte.

Nun vergreift sie sich schon an den Kindern, sagte Frau Wedemeyer. Sie selbst sei an die Pöbeleien wegen ihres Hundes ja gewöhnt, und der Hund verstünde Gott sei Dank nichts von dem Unflat.

Ich hatte auf dem Rückweg vom Einkauf gerade über die seltsame Prager Sitte nachgedacht, seine Gegner einfach aus dem Fenster zu werfen. So hatten schon die Hussitenkriege begonnen. Und obwohl die zwei königlichen katholischen Statthalter und ein Kanzleisekretär, die 1618 von empörten Protestanten aus einem Fenster der Prager Burg geworfen wurden, den Sturz aus siebzehn Metern Höhe überlebt hatten, löste dieses Ereignis einen Krieg aus, auf den alle gewartet hatten und der dreißig Jahre dauern sollte. Zum letzten Mal bedienten sich die Kommunisten dieser besonderen Art der Kriegsführung, als der Ministerpräsident Klement Gottwald seinen Außenminister Jan Masaryk aus dem Fenster werfen ließ, allerdings nicht tapfer und bekennend wie die Hussiten und Protestanten, sondern als Selbstmord getarnt, was erst nach sechsundfünfzig Jahren und dem Ende der kommunistischen Diktatur aufgeklärt werden konnte, obwohl schon vorher niemand an den Selbstmord geglaubt hatte.

Mit diesen Gedanken war ich gerade befasst, als ich, die schwere Einkaufstasche über der Schulter, auf Frau Wedemeyer, Frau Ahrend und Lotta traf.

Das sei wirklich unschön für das Kind, sagte ich, aber wir könnten die Frau schließlich nicht vom Balkon werfen.

Die beiden Frauen, die von meiner Beschäftigung mit solcherart Konfliktlösungen nichts wissen konnten, waren über meinen gewalttätigen, wenn auch gleichzeitig verworfenen Vorschlag sichtlich erschrocken, vielleicht auch nur, weil ihnen dieser oder ein ähnlicher Gedanke als Wunsch selbst schon durch den Kopf gespukt war.

Frau Ahrend drückte ihr Kind fester an sich, und

Frau Wedemeyer sagte: Um Gottes willen, wer denkt denn an so was.

Ich hatte keine Lust, sie über die spontane Kopplung der Prager Fensterstürze mit unserer Sängerin in meinem Kopf aufzuklären, strich Lotta kurz übers Haar, sagte noch etwas Tröstliches, sie müsse keine Angst haben, wir würden schon auf sie aufpassen oder Ähnliches, und verabschiedete mich.

In den folgenden Tagen versuchte ich, die anschwellende Erregung von mir fernzuhalten. Aber unsere Straße war zu kurz und zu schmal, der Hall zwischen den engstehenden Häuserfronten zu effektiv, als dass ich den lautstark ausgefochtenen Kampf zwischen der einmütigen Anwohnerschaft und der Sängerin hätte überhören können. Hin und wieder trieb mich auch die Neugier auf den Balkon, um zu prüfen, aus welchen Fenstern der Protest gerade kam oder wer mit wem auf der Straße konferierte, zumal der Dreißigjährige Krieg mir immer noch als undurchdringliches Gestrüpp von Herrschaftsgelüsten, wechselnden Bündnissen vermischt mit religiösem Eifer oder auch nur Kalkül erschien, und die verbindende Nervenfaser, nach der ich suchte, bislang unauffindbar war, was mich anfällig machte für Ablenkungen. Ich las abwechselnd in den Büchern, die ich bestellt hatte, und anderen, die Freunde mir empfohlen hatten, und war inzwischen von dem Ehrgeiz gepackt, wenigstens zu verstehen, warum es zu diesem Krieg überhaupt gekommen war. Für die Erfüllung meines Auftrags, mich »auf das große Ganze zu konzentrieren«, war das eher hinderlich. Das Vettern-Schwieger- und Schwagergespinst und die daraus folgenden Erbansprüche der europäischen Fürsten- und Königshäuser, die Wittelsbacher und die Habsburger, Maximilian, Ferdinand, Sigismund und Wolfgang-Wilhelm, dazu Frankreich, Spanien und der ganze Rest hafteten in meinem Hirn genau so lange, wie ich darüber las, und verfielen Minuten später zu unstrukturiertem Wissensmüll.

Hinter den geschlossenen Fenstern leuchtete ein schöner, blauer Sommer, dessen Duft mir nicht einmal vergönnt war. Sooft eine nicht mehr gewohnte Stille mich ermutigte, die Balkontür zu öffnen, verging höchstens eine Viertelstunde, bis die Freude durch das mutwillige Geplärre der Sängerin ihr Ende fand. Aber auch hinter geschlossener Tür, wenn die Töne nur als dünnes, mitunter versiegendes Rinnsal durch die Mauern drangen, okkupierten sie meine Aufmerksamkeit, so wie ich das Tropfen eines nachlässig verschlossenen Wasserhahns, wenn ich es erst einmal wahrgenommen hatte, auch in einem entfernten Zimmer noch als unerträglich störend empfand. Sogar wenn sie nicht sang, störte sie mich, weil ich dann darauf wartete, dass sie gleich singen würde, oder weil ich darüber nachdachte, warum sie gerade jetzt nicht sang. Manchmal ging ich auf den Balkon, um nachzusehen, ob sie auf ihrem Balkon stand oder ob ihre Balkontür offen oder geschlossen war. Oder ich dachte darüber nach, warum sie überhaupt beschlossen hatte, ihre Mitmenschen mit ihrem Gesang zu tyrannisieren und damit deren Hass auf sich zu ziehen, der sie wiederum zu unflätigen Wutausbrüchen hinriss. Vielleicht ging es ihr ja vor allem um diese Wutausbrüche, vielleicht wollte sie gehasst werden, damit sie einen Grund hatte, diese dreckigen Wörter rauszubrüllen. Aber hätte sie dafür singen müssen? Nein, erst kam der Gesang, danach die Wut. Wahrscheinlich wollte sie Sängerin werden, ein Mädchen, das den Gesang liebte, davon träumte, auf einer Bühne zu stehen wie jetzt auf dem Balkon, die Arme gen Himmel zu strecken, die Hände gegen die Brust zu pressen, sich vor einem jubelnden Publikum zu verbeugen. Als Kind durfte sie zu Weihnachtsfeiern und Geburtstagen singen.

Du wirst einmal eine berühmte Sängerin, hat sicher jemand zu ihr gesagt. Ein Onkel hat vielleicht ihren Gesang aufgenommen. Sie hörte sich singen. Sie fand ihre Stimme schön und träumte weiter. Sie sang im Chor, aber nie ein Solo. Sie fiel durch Aufnahmeprüfungen, alle. Sie wurde Garderobiere an der Oper, aber hörte nicht auf zu träumen, bis sie verrückt war. Und nun sang sie auf ihrem Balkon, um es der Welt zu beweisen, und war wütend. Aus enttäuschter Liebe wird gemordet, aus enttäuschter Selbstliebe wohl auch. Später traf ich sie einmal auf der Straße, als sie, mit einem turbanähnlichen Kopfschmuck, knielangen Hosen und einem afrikanisch anmutenden Obergewand bekleidet ein Fahrrad bestieg. Sie hatte Beine wie ein Mann, muskulöse, derbe Waden, grobknochige Fesseln und für eine Frau auffallend große Füße, was meine Mutmaßungen über ihre Biographie noch einmal beflügelte. Was, wenn sie ein Mann war, der davon träumte, eine Sängerin zu sein? Vielleicht darum ihre besonders unschöne, dafür aber kräftige Stimme, die ordinären Wutausbrüche, die sie in einer Stimmlage, die keinem Geschlecht zugeordnet werden konnte, durch die Straße grölte. Wenn es sich tatsächlich so verhielte – ein Mann, der eine Sängerin sein wollte –, dann steckte sie in einem Verhängnis, aus dem es kein Entrinnen gab, an dem man nur verrückt werden konnte.

Der Dreißigjährige Krieg war so fern, die Sängerin aber so nah, dass ich immer wieder verführt war, ihr eine Biographie und Motive zu erfinden, statt mich auf die Arbeit zu konzentrieren, der ich immerhin diesen selten schönen Sommer opferte. Die Tage vergingen, und ich suchte immer noch planlos mal in diesem, mal in jenem Buch nach einer Figur oder einem Ereignis, das gleichermaßen exemplarisch und überschaubar war und meinem Aufsatz als Zentrum hätte dienen können, von dem sich allerlei Gedanken ableiten ließen, die genauere Geschichtskenntnis nicht voraussetzten. Nach zwei Wochen gab ich auf. Ich musste die Sängerin aus meinem Leben verbannen, was nur möglich war, indem ich mich ihr entzog. Nachts sang sie nicht. Spätestens um acht Uhr zog sie sich in ihre Wohnung zurück und ließ sich vor morgens um neun nicht wieder auf dem Balkon blicken. Diese dreizehn Stunden könnten mir gehören, wenn ich es schaffte, den Tag zur Nacht zu machen und die Nacht zum Tag. Ich zwang mich, nachts wach zu bleiben, auch wenn ich zu müde war, um einen klaren Gedanken zu fassen.

Aber schon nach drei oder vier Nächten gelang es mir, am Tag wenigstens fünf oder sechs Stunden zu schlafen. In der übrigen Zeit verließ ich möglichst das Haus, ging spazieren oder erledigte Dinge, die ich mir schon lange vorgenommen hatte, die Prophylaxe beim Zahnarzt, ein Termin beim Steuerberater. Zweimal ging ich ins Kino. Am späten Nachmittag schlief ich noch einmal für ein bis zwei Stunden und begann, wenn es draußen endlich still war, mit der Arbeit. Ich entschied mich für ein Buch über den Dreißigjährigen Krieg von Cicely Veronica Wedgwood, das mir bisher am verständlichsten erschien. Außerdem hatte ich gelesen, dass Sebastian Haffner es als die immer noch beste Monographie zu diesem Thema bezeichnet hatte, obwohl es schon 1938 erschienen und seine Verfasserin damals gerade einmal achtundzwanzig Jahre alt war.

Die Nächte waren mild. Durch die geöffnete Balkontür strömte beruhigende Stille. Draußen ruhte die Stadt wie ein riesiges träumendes, im Schlaf mal zuckendes, mal schnaufendes Tier. Allmählich wurde ich heimisch in meiner nächtlichen Einsamkeit, obwohl ich bis dahin von mir behauptet hatte, überhaupt nur am Tag, am besten vormittags arbeiten zu können. Aber nun war es, als könnte ich durch das lautlose Dunkel, das alles umher seiner Gegenwärtigkeit entkleidete, einen Pfad durch die Zeit finden, der mir an den Tagen zuvor verborgen geblieben war.

3.

Rückblickend kann ich sagen, dass der Terror der Sängerin für mich sogar ein Glück war. Meinem Rückzug in die Nacht verdankte ich nicht nur jene Ruhe und Abgeschiedenheit von der Welt der sich selbst überholenden Neuigkeiten, sondern sie bescherte mir auch eine unglaubliche, beglückende Begegnung, eine sonderbare Freundschaft, obwohl ich nicht weiß, ob das Wort Freundschaft in diesem Fall wirklich angebracht ist.

Es gab Nächte, in denen ich den Zweck meiner Lektüre für Stunden vergaß und meine Gedanken unbekümmert schweben ließ. Die Nacht verführt zu Allerweltsgedanken. Über mir der Himmel, ein sternenloser Großstadthimmel, darunter wir in wechselnden Kostümen. Vor vierhundert Jahren gab es das Wort Lichtverschmutzung noch nicht. Die Sterne strahlten noch überall, und im Himmel wohnte noch Gott. Aber was waren vierhundert Jahre? Fünf

Menschenleben von achtzig Jahren aneinander-
gereiht, oder acht Leben, die so lang waren wie
meins, achtmal fünfzig Jahre. Über den Umweg
solcher Banalitäten näherte ich mich dem nahezu
unergründlichen Gegenstand meiner Lektüre, der
mich, je mehr ich las, wirklich zu interessieren begann, was mich an der Erfüllung meiner eigent-
lichen Aufgabe eher hinderte. Ich vertiefte mich
zunächst in die Vorkriegszeit, die mir interessanter
erschien als das Kriegsgetümmel. Natürlich hatte
ich auch vorher schon über die kleine Eiszeit, irgendwann auch Grimmelshausens *Simplicissimus* gelesen, wenn auch nicht ganz, ich wusste so gut über
Galilei Bescheid wie jemand, der fünf- oder sechs-
mal den Brecht'schen *Galilei* im Theater gesehen
hat. Sicher hatte ich auch früher schon davon gehört und dann vergessen, dass sich die Bevölkerung
in den deutschen Landen zwischen 1550 und 1618
fast verdoppelt hatte. Weil sie hier relativ liberale
Bedingungen fanden, waren nach dem Augsburger
Religionsfrieden von 1555 Protestanten in großen
Scharen eingewandert. Doppelt so viele Menschen
mussten ernährt werden, während strenge Winter,
Stürme, Überschwemmungen, Kälteeinbrüche im
Mai die Ernten verdarben, das Wintergetreide unter

Schneemassen verfaulen und Brunnen unter Eis-
krusten verdorren ließen. Vielleicht faszinierte mich
die Vorkriegszeit vor allem, weil sie sich bei unschar-
fer Betrachtung als grobe Vorlage für die Gegenwart
darstellte, und sich in Begriffen beschreiben ließ,
die ich täglich in den Zeitungen lesen konnte: Klimawandel, Wassermangel, Hunger, Verdoppelung
der Bevölkerung in fünfzig oder sogar dreißig Jahren, und die Religionen, natürlich die Religionen.
Aber diesmal nicht in Europa, sondern in Afrika
und Asien, auch nicht wegen der Kälte, sondern wegen drohender Wärme, vor allem aber wegen der
dort schon tobenden Kriege.

Auch Erzählungen meiner Gewährsfrau Cicely
Veronica Wedgwood, die ich inzwischen der Ein-
fachheit halber für mich nur noch Cicely nannte,
ließen sich, wenn man die Parallelen suchte, wie
eine direkte Spur in unseren Alltag deuten. Schilde-
rungen aus der Zeit vor Ausbruch des Krieges könnten, tauschte man die Akteure aus, so ähnlich auch
heute zu vermelden sein.

»Die Calvinisten forderten alle wahren Gläubigen
zur Gewalt auf und fanden besonderen Gefallen an
den mehr blutrünstigen Psalmen. Aber auch die
Katholiken und Lutheraner waren nicht frei von

30

Schuld, und Gewalt galt überall als Beweis wahren Glaubens. Die Lutheraner griffen die Calvinisten in den Straßen Berlins an; katholische Priester in Bayern gingen bewaffnet, um sich verteidigen zu können; in Dresden hielt der Mob das Leichenbegängnis eines italienischen Katholiken auf und riss den Leichnam in Stücke; in den Straßen von Frankfurt am Main kam es zu einer Prügelei zwischen einem protestantischen Pastor und einem katholischen Priester ...«

So zitierte Cicely den Historiker Johannes Janssen. Es prügelten sich heute in Frankfurt zwar nicht Pastoren und Priester, und in Dresden wurden auch nicht Leichen in Stücke gerissen. (Ich versuchte mir vorzustellen, wie man mit bloßen Händen ohne Zuhilfenahme von Werkzeug oder Zähnen eine Leiche in Stücke reißen konnte.) Aber es flogen auf den Straßen seit einiger Zeit beunruhigend oft Fäuste, Steine und Brandkörper, wenn es um religiöse oder politische Glaubensfragen ging. Sogar die Jesuiten, die sich verkleidet in die Gottesdienste der Calvinisten geschlichen und die Gebetsbücher der Gläubigen listig gegen die eigenen Breviere vertauscht hatten, fanden heutige Nachahmer, seit die Salafisten, zwar eher offensiv als listig, ihren Koran auf offener

Straße an das christliche oder atheistische Volk verteilten. Aus evolutionärer Sicht bedeuteten vierhundert Jahre eben nichts.

Die erzwungene nächtliche Isolation erinnerte mich an die heroische Einsamkeitsschwelgerei meiner Jugend, ein Zustand zwischen Absturz und Höhenflug, Auserwähltheit und Mikrobenhaftigkeit, nächtliche Spaziergänge, am liebsten bei Vollmond, mit dem ich vertrauliche Gespräche führte, bei denen ich allerdings auch den Part des Mondes übernahm. Noch heute konnte ich manchmal nicht widerstehen, wenn er mich so ansah, als blicke er nur auf mich. Dann konnte es passieren, dass ich murmelte: Na, da bist du ja wieder, seine Antwort ersparte ich mir inzwischen. Auch das Pendel zwischen Auserwähltheit und Mikrobenhaftigkeit schlug nur noch nach einer Seite aus. Einzigartig an mir waren nur meine Fingerabdrücke, das war eine so realistische wie befreiende Einsicht, die ich mir zu meinem fünfzigsten Geburtstag zugemutet hatte und die mich jetzt auf seltsame Weise mit diesem fernen Jahrhundert verband; ich nichts als eines dieser vor mir gestorbenen und nach mir sterbenden namenlosen Wesen, die die Erde bevölkerten und wie Tiere aufeinander losgingen, wenn das Futter knapp wurde. Die Nacht verführt eben zu Allerweltsgedanken. Außerdem sprach ich kaum noch mit anderen Menschen, weil ich am Tag schlief und nachts niemanden anrufen konnte und weil die meisten Menschen, die ich hätte sprechen wollen, ohnehin verreist waren.

Am Morgen war es schön. Zwischen vier und fünf Uhr, wenn die Sonne schon wärmte und der Alltag wieder Gestalt annahm, tauchte ich etwas benommen aus meiner Zwischenwelt auf, kochte Kaffee und ein Ei, belegte ein Toastbrot mit Käse, ein zweites mit Schinken, schob eine CD in den Player, meistens Mozart oder Schubert, und deckte mir den Tisch für ein entspannendes Frühstück vor dem Schlaf. In unserer Straße war es fast noch so still wie in der Nacht, auch die Sängerin schlief. Ich wunderte mich, wie allein die Helligkeit nicht nur meine Gedanken, sondern auch meinen Gemütszustand veränderte. Ich fühlte mich nicht mehr als eins der Abermillionen namenlosen Geschöpfe, die vergingen wie sie gekommen waren, sondern ich war eben Mina Wolf, benannt nach der italienischen Schlagersängerin Mina, eigentlich Anna Maria Mazzini, deren Lied *Heißer Sand* zur Ehehymne meiner Eltern geworden war. Als Verlobte hatten sie 1960 eine Woche in Bari verbracht. Ein Jahr später wurde in Berlin die Mauer gebaut. Im Refrain von Minas Lied war ihre Sehnsucht nach der Welt und der ersten Zeit ihrer Liebe für den Rest ihres Lebens aufgehoben.

Heißer Sand und ein verlorenes Land
Und ein Leben in Gefahr.
Heißer Sand und die Erinnerung daran,
Dass es einmal schöner war.

Darum hieß ich Mina, Mina Wolf, die morgens früh um fünf auf dem Balkon überlegte, dass sie unbedingt Milch, Brot und Zigaretten kaufen und endlich die zehn Euro Strafgebühr für falsches Parken überweisen musste.

In die ersten Julitage fielen zwei Ereignisse, die eigentlich zu unbedeutend waren, um als Ereignis bezeichnet zu werden. Ihre Bedeutung entfaltete sich erst im Fortgang des Geschehens. Zuerst fehlte auf geheimnisvolle Weise eine Scheibe Schinken auf meinem Toastbrot. An diesem Morgen war ich zu müde, um das zweite Toastbrot zu essen und auch, um den Frühstückstisch auf dem Balkon abzuräumen. Als ich gegen Mittag aufstand, war die Schinkenscheibe verschwunden, und das Brot lag zerbröselt auf dem Teller. Offensichtlich hatte sich ein Tier darüber hergemacht, ich dachte an Mäuse oder Ratten, vielleicht auch Vögel. An den folgenden Tagen bereitete ich drei Toastbrote, zwei für mich und eins für den unbekannten Gast. Immer war der Schinken verschwunden, das Brot zerbröselt, einmal fand sich neben dem Tischbein ein weißer Vogelschiss wie sonst auf meinem Auto. Es konnte also nur eine der Krähen gewesen sein, die tagsüber in den Bäumen der Umgebung hausten. In den folgenden Tagen sparte ich das Brot, an dem die vermutete Krähe ohnehin wenig Geschmack gefunden hatte, und legte nur einige Stücke Wurst oder Schinken auf den Tisch, die regelmäßig verschwunden waren, wenn ich aufstand. An einem Nachmittag, ich war gerade von einem längeren Spaziergang zurückgekommen, hatte mir einen Kaffee mit Milchschaum bereitet und mich mit der Zeitung ins Balkonzimmer gesetzt, als ich durch die geschlossene Tür sah, wie ein schwarzgrau gefiederter Vogel sich auf dem Tisch niederließ und mit kleinen ruckartigen Bewegungen seines Kopfes kontrollierte, ob sich das Speiseangebot erneuert hatte. Etwas an dieser Krähe war seltsam. Sie hockte wie eine brütende Glucke auf dem Tisch statt auf zwei Beinen zu stehen wie ihre Artgenossen, denen ich zwar nie besondere Aufmerksamkeit geschenkt, aber doch ein Bild von ihnen im Kopf hatte. Eine Weile saß sie so auf meinem Tisch, als erwarte sie etwas, dann hob sie ihren Körper von der Tischplatte, und ich verstand, warum sie so eigenartig darauf gehockt hatte. Ihr fehlte ein Fuß. Wie ein Stöckchen ragte das Bein aus dem Gefieder, die Kralle musste ihr bei einem Unfall oder in einem Kampf abhandengekommen sein. Mein Erstaunen hatte mich wohl zu einer unbedacht heftigen Bewegung veranlasst, die die Krähe trotz der geschlossenen Balkontür erschreckte und sie davonflattern ließ.

Das war das erste der beiden folgenreichen Ereignisse, die sich, obwohl gänzlich verschieden, auf überraschende Weise ergänzten und sogar meiner Arbeit zu unerwarteten Impulsen verhalfen.

Das zweite Ereignis kündigte sich in einem Brief an, den ich eines Nachmittags im Briefkasten fand. Er war unfrankiert, auf dem Umschlag stand nur mein Name: Frau Wolf, keine Adresse, was darauf schließen ließ, dass ihn jemand aus meinem Haus oder aus der Nachbarschaft eingeworfen hatte, ein unbehaglicher Gedanke. Ich überlegte, ob mich vielleicht jemand beobachtet hat, als ich vor einer Woche beim Einparken das Nummernschild des hinter mir stehenden Autos touchiert hatte, oder ob jemand sich beschweren könnte, weil ich meine einfüßige Krähe fütterte, andere mögliche Vergehen fielen mir nicht ein. Aber der Brief war mit »Liebe Frau Wolf« überschrieben, unterschrieben von Frau Wedemeyer und bot auf den ersten Blick keinen Grund zur Beunruhigung. Frau Wedemeyer lud mich im Namen anderer Bewohner unserer Straße – es folgten sechs Namen, mit denen ich außer Lottas Mutter keine Personen verbinden konnte – zu einem Treffen am kommenden Sonnabend um sechzehn Uhr im Biergarten des Restaurants »Kaskade« ein, um »über Maßnahmen zur Herstellung des allgemeinen Friedens und Deeskalation der gegenwärtigen Lage in unserer Straße« zu beraten.

Es konnte nur um die Sängerin gehen, etwas anderes hatte bis dahin den Frieden in unserer Straße nicht ernsthaft gefährdet. Durch mein nächtliches Exil hatte ich offenbar verschlafen, dass der Kampf zwischen der Sängerin und den übrigen Bewohnern der Straße sich dermaßen ausgeweitet haben musste, dass man nun sogar kollektive Aktionen in Betracht zog.

Eigentlich hatte ich wenig Lust, mich an diesem Kampf zu beteiligen. Ich war froh, dass es mir gelungen war, mich dem ganzen Theater zu entziehen, statt meine Nerven an einer verrückten Person zu verschleißen. Andererseits würde auch ich demnächst, wenn ich den Dreißigjährigen Krieg hinter mich gebracht hätte, wieder ein in Tag und Nacht geordnetes Leben führen müssen, das dem Rhythmus meiner Auftraggeber in den Redaktionen und Studios angepasst war. Außerdem war ich neugierig zu erfahren, was in den Tagen meiner Absenz eigentlich geschehen war, das Frau Wedemeyer zu so staatsmännischen Formulierungen wie »Herstellung des allgemeinen Friedens und Deeskalation der gegenwärtigen Lage« veranlasste.

Die »Kaskade« war ein bescheidenes Restaurant, das sich auf seiner Werbetafel mit bürgerlichem Mittagstisch empfahl. Nur sein Biergarten war im Sommer ein beliebter Treffpunkt in unserer an gastronomischen Attraktionen armen Gegend. Seit ich hier wohnte, hatte es unzählige Versuche gegeben, Gaststätten der einen oder anderen Art zu etablieren, schwäbische, mexikanische, asiatische, italienische, griechische, indische Küche, mal in gehobener Preisklasse, mal am unteren Ende der Skala. Aber die Bewohner unseres Viertels, in dem außer prachtvollen Häusern aus der Gründerzeit ganze Straßenzüge armseliger Nachkriegsbauten standen, konnten sich auf keine Gastlichkeit einigen, die allen gerecht geworden wäre. Und so hatten sich einzig ein karger vietnamesischer Laden, in dem die Angestellten der Umgebung mittags ihre Nudelsuppe schlürften, und eben die »Kaskade« mit dem bürgerlichen Mittagstisch gehalten.

Die Bezeichnung Biergarten verdankte das vielleicht dreißig Quadratmeter große Areal mit acht Tischen den halbhohen Lorbeer- und Oleanderbäumchen in hübschen Holzkübeln, die es zum Gehweg hin begrenzten. Außerdem boten die Hecken der benachbarten Vorgärten, die in unserer Gegend sehr großzügig angelegt waren, eine den Namen rechtfertigende Anmutung. Die Gruppe um Frau Wedemeyer hatte sich an zwei zusammengestellten Tischen in der hinteren Ecke versammelt, vier Frauen und zwei Männer, von denen mir einige vertraut waren, unter ihnen die großgewachsene blonde Frau, vielleicht in meinem Alter, mit der ich mich schon seit einigen Jahren grüßte, aber noch nie mit ihr gesprochen hatte, der ich aber, weil sie mir so außergewöhnlich vorkam, einen Beruf und auch eine Nationalität erfunden hatte. Sie war eine Klavierlehrerin und stammte aus Russland, jedenfalls in meiner Vorstellung. Warum ich sie für eine Russin hielt, kann ich nicht genau sagen. Vielleicht hatte ich eine Russin gekannt, die ähnlich aussah und sich als Prototyp in meinem Gedächtnis eingenistet hatte. Vielleicht erinnerte sie mich auch nur an das signierte Porträtfoto der Eiskunstläuferin Ljudmila Beloussowa, das meine Mutter in dem Fotoalbum aufbewahrte, in das sie auch die Bilder vom Bari-Urlaub geklebt hatte. Dass ich sie zur Klavierlehrerin ernannt hatte, lag an dem immergleichen versonnenen Ausdruck ihres Gesichts, als würde sie gerade an etwas Schönes, Fernes denken; und an ihrer Kleidung, die auf begrenzte Mittel, aber auf ein entschiedenes, keiner Mode unterworfenes Selbstbild deutete. Solange ich sie kannte, trug sie denselben schwarzen, formlosen Wintermantel, der bis zur halben Wade reichte wie auch alle ihre Röcke und Kleider. Eigentlich waren ihre Kleidungsstücke hässlich, aber sie sah nie hässlich aus. Das war das Besondere an ihr.

Frau Wedemeyer saß an der Stirnseite des Tischs

und führte offenbar den Vorsitz der kleinen Versammlung, rechts von ihr Lottas Mutter, daneben ein junger Mann, den ich gelegentlich bei einem Spaziergang mit seinem dementen Vater gesehen hatte. Meistens aber fuhr seine Frau den Kranken in einem Rollstuhl durch die Straßen. Die beiden anderen, ein Ehepaar, kannte ich nicht, obwohl sie mir durch ihre für unsere Straße ungewöhnliche Eleganz eigentlich hätten auffallen müssen. Wahrscheinlich waren sie neue Eigentümer aus der Nummer vier, dem Haus, das vor einiger Zeit verkauft und in Eigentumswohnungen umgewandelt worden war. Ich zog einen freien Stuhl vom Nachbartisch und drängte mich zwischen Lottas Mutter und den Sohn des dementen Vaters. Frau Wedemeyer schlug vor, dass wir uns mit Namen und Beruf vorstellen sollten, was aber nur für mich und das zugezogene Ehepaar nötig war, da die Übrigen, wie sich herausstellte, einander gut kannten und sich sogar duzten.

Über Frau Wedemeyer erfuhr ich bei dieser Gelegenheit, dass sie mit Vornamen Ingeborg hieß und als Redaktionsassistentin im Berliner Büro der berühmtesten deutschen Tageszeitung arbeitete. Lottas Mutter hieß Anja Ahrend und war Krankenschwester. Zur Zeit aber nicht berufstätig, sagte sie, wegen Lotta, und wir sollten sie ruhig Anja nennen, sie sei das ohnehin so gewohnt. Der junge Mann neben mir stellte sich als Michael Hartmann vor. Von seiner Berufsbeschreibung merkte ich mir nur, dass er irgendwie mit digitalem Management zu tun hatte.

Und dann war meine russische Klavierlehrerin an der Reihe. Ihr Name sei Brigitte Baum, sagte sie, und sie arbeite im Lager eines Arzneimittelgroßhandels. Weder der Klang ihrer Stimme noch ihre Mimik ließen den Verdacht zu, sie könnte mit ihrem Namen oder ihrer Tätigkeit unzufrieden sein. Nur ich war enttäuscht, nicht nur weil ich mich geirrt hatte, aber mir war die Welt, eigentlich ja nur unsere Straße, schöner vorgekommen, als sie noch Russin und Klavierlehrerin war.

Das Ehepaar aus der Nummer vier stellte sich gegenseitig vor. Die Dame neben ihm sei Loretta Stadler, geborene Wienerin und begnadete Malerin, sagte er, und sie, als hätten sie diese Vorstellung schon öfter gegeben, fiel ein: Der Herr neben mir ist Lorenz von Wiesenberg, Architekt, derzeit mit einem attraktiven Projekt für Doha befasst.

Wahrscheinlich hielten die beiden es für bescheidener, so prahlerisch übereinander statt über sich selbst zu sprechen.

Wir bestellten unsere Getränke, Frau Wedemeyer ein Glas Prosecco, Herr Hartmann ein Pils, Anja Milchkaffee, Lorenz und Loretta Aperol Spritz, meine Klavierlehrerin, für mich blieb sie die Klavierlehrerin, Apfelsaftschorle und ich ein Hefeweizenbier.

Mit einem entschlossenen »Ja, also« ergriff Frau Wedemeyer das Wort. In den letzten Wochen und Tagen hätten sich die Klagen über den unerträglichen Gesang der Frau S. gehäuft, so dass sie zu der Auffassung gelangt sei, man müsse gemeinsam beraten, wie dieser Störung der öffentlichen Ordnung, denn um das handle es sich eindeutig, zu begegnen sei. Der Taxifahrer, der direkt unter Frau S. wohne und oft nachts fahre, demzufolge am Tag schlafen müsse, litte schon unter nervösen Störungen. Die Kinder, Frau Wedemeyer griff nach Anjas Hand, fürchteten sich vor den unberechenbaren Wutausbrüchen dieser Frau. Und schließlich sei es bezeichnend, dass kein Bewohner ihres Hauses, nicht ein einziger, bereit gewesen sei, an unserem Treffen teilzunehmen, aus Furcht, so müsse sie es sagen, aus Furcht. Der Versuch des Hausbesitzers, ihr die Wohnung zu kündigen, sei erfolglos geblieben, da die Frau ihre geistige Behinderung amtsärztlich bescheinigen könne, was eine derartige Maßnahme ausschließe.

Andererseits, sagte Frau Wedemeyer, könne auch der Taxifahrer gesundheitliche Schäden geltend machen, gewiss auch andere, wie Michael Hartmanns dementer Vater, der von Attacken heftiger Unruhe befallen werde, sobald ein Fenster geöffnet sei. Es könne doch nicht sein, dass ein einziger Mensch, nur weil er von Amts wegen verrückt ist, Hunderte andere Menschen tyrannisieren dürfe, sagte Frau Wedemeyer, deren Erregung sich mit jedem Satz gesteigert hatte. Ihr vom Eifer rotgeflecktes Gesicht leuchtete unter dem blonden Haar und über der roten Seidenbluse wie eine kleine, zuckende Flamme.

Wir fanden den Gesang bisher eigentlich ganz witzig, sagte Loretta in ihrem wienerischen Singsang, lenkte aber, als sie die strengen Blicke der anderen wahrnahm, schnell ein: Na, wir hören es ja erst seit ein paar Wochen. Wie lange geht das denn schon?

Zwei Jahre, sagte Frau Wedemeyer.

Zwei Jahre, flüsterte auch Herr Hartmann.

Loretta lächelte verständnisvoll und sagte, Lorenz

und sie seien ja auch vor allem gekommen, weil sie gern ihre neuen Nachbarn kennenlernen wollten.

Viel mehr sagten die beiden an diesem Nachmittag nicht mehr.

Ich selbst trug zu einem befriedigenden Ausgang des Krisentreffens wenig bei und beließ es bei einigen unterstützenden Bemerkungen anderer Redebeiträge. Einige Stunden zuvor hatte ich gelesen, dass im Irak wieder einmal eine amerikanische Geisel von islamischen Terroristen enthauptet worden war. Neben dem Artikel war ein Foto des Getöteten zu sehen, ein vielleicht vierzigjähriger Mann, der selbstbewusst lächelnd in die Kamera schaut. Eine Nachricht, die in mir zwar immer noch Entsetzen auslöste, aber nie wieder den fassungslosen Unglauben, der mich gepackt hatte, als dieser Gruß aus der islamischen Hölle zum ersten Mal in unsere ahnungslose Welt geschickt wurde. Und nun saß ich in der »Kaskade« und sollte über Maßnahmen zur Herstellung des allgemeinen Friedens und Deeskalation der gegenwärtigen Lage in unserer Straße beraten. Wegen einer so armen, verwirrten Person wie der Sängerin, der zwar auch ich hin und wieder die Pest an den Hals wünschte, weil ich ihr mein gewohntes Leben opfern musste, was sich aber, wie ich inzwischen wusste, eher als unverhoffter Gewinn erweisen sollte.

Die restliche Stunde unserer Beratung erschöpfte sich vor allem in Klagen und Aufzählung der Unbilden, die wir alle kannten. Michael Hartmann versprach, den Justitiar seines Betriebs um Rat zu fragen, und Frau Wedemeyer schlug vor, unsere E-Mail-Adressen auszutauschen, um bis zu unserer nächsten Zusammenkunft in Kontakt zu bleiben. Ich nahm mir vor, auf keinen Fall an einem nächsten Treffen teilzunehmen.

4.

Seit ich die einfüßige Krähe auf meinem Balkon gesehen hatte, wartete ich an manchen Nachmittagen auf sie, ich legte Futter auf den Tisch und wartete hinter der geschlossenen Tür, während ich die Zeitung las oder im Internet nach den neuesten Nachrichten suchte. In einem Netzforum hatte ich mich informiert, womit man Krähen außer mit Wurst und Schinken am besten füttert. Neben Nüssen, Fleisch und Käse wurde Trockenfutter für Hunde empfohlen. Ich kaufte eine große Tüte Hundefutter für 2,99 Euro und streute davon jeden Tag zweimal ein paar Brocken auf den Tisch, einmal morgens, bevor ich zu Bett ging, und einmal am Nachmittag, wenn ich auf die Krähe wartete. Sie kam fast immer, und wenn sie ausblieb, war ich auf eine Weise enttäuscht, die ich für einen erwachsenen Menschen selbst als unangemessen empfand. Es konnte vorkommen, dass ich länger in meinem Sessel gegenüber der Balkontür sitzen blieb, als das Zeitunglesen erforderte,

47

statt einkaufen zu gehen oder in den Park, so wie ich früher, als ich jung war und es noch keine Mobiltelefone gab, nicht wagte, aus der Wohnung zu gehen, wenn ich auf den Anruf eines Geliebten wartete. So wartete ich jetzt an manchen Tagen auf die Krähe. Ich machte mir Sorgen, dass sie vielleicht, unbeholfen und zu langsam wegen ihrer Einfüßigkeit, von einem Auto überfahren wurde oder von Artgenossen angegriffen. Als Kind hatte ich einmal einen verletzten Spatzen gefunden. Ich nahm ihn mit nach Hause, baute ihm auf unserem Balkon ein Nest aus Zweigen und Wollresten und versorgte ihn mit Haferflocken und Wasser. Er erholte sich schnell, hüpfte auf dem Balkon herum und hob ab und zu sogar ein paar Zentimeter flatternd vom Boden ab. Nach zwei Tagen fand ich ihn tot mit blutenden Fleischwunden zwischen den Federn neben seinem Nest. Meine Mutter sagte, andere Spatzen hätten ihn umgebracht, weil er nun nicht mehr zu ihnen gehörte, sondern zu den Menschen. Ob die Erklärung meiner Mutter, deren Verhältnis zu Flora und Fauna sich bestenfalls als leidenschaftslos bezeichnen ließ, überhaupt stimmte, wusste ich bis heute nicht. Damals aber stiftete sie in meinem kindlichen Gemüt eine tiefe Verwirrung. Allein dass

Tiere einander jagten und fraßen, war ein schauerlicher Gedanke, aber dass eine Horde Spatzen einen kranken Artgenossen getötet haben sollte, nur weil er bei mir, einem Menschen, Zuflucht gefunden hatte, blieb mir als eine Lehre fürs Leben, wenn ich auch ihren Sinn nicht verstand. Jedenfalls hielt ich es auch wegen dieser Geschichte für möglich, dass meine verkrüppelte Krähe ihren eigenen Verwandten zum Opfer gefallen war. Trotz der sentimentalen Verknüpfung mit einer prägenden Erfahrung in meiner Kindheit fand ich es seltsam, sogar bedenklich, dass eine Krähe zum Objekt meiner Sehnsucht werden konnte, zumal ihr Erscheinen oder Fernbleiben ja nicht mir galt, sondern der Wurst oder dem Schinken oder dem Hundefutter, wogegen allein mein Anblick für sie schon ein Signal zur Flucht war. Worauf wartete ich eigentlich, wenn ich auf die Krähe wartete? Inzwischen glaubte ich, dass es damals, als die Geschichte zwischen der Krähe und mir begann, überhaupt nur um das Warten und Sehnen gegangen ist, die schöne Erregtheit der Sehnsucht und der Freude ihrer Erfüllung.

Irgendwann entschloss ich mich, trotz der Tyrannei der Sängerin an den Nachmittagen die Balkontür

zu öffnen, um so wenigstens eine nähere Bekanntschaft zwischen der Krähe und mir zu ermöglichen.
Sie kam wie an anderen Tagen zwischen drei und
vier, setzte sich zwischen die Blumenkästen, der
Wind fuhr leicht unter ihre Federn, so dass darunter
weicher und heller, im Wind zitternder Flaum sicht-
bar wurde, was ihrer strengen Gestalt eine Zartheit
verlieh, die mich rührte. Sie prüfte eine Weile ruhig
die Lage, wandte ihren Kopf in alle Richtungen und
hüpfte dann wie immer auf den Tisch und pickte
die braunen Brocken auf. Die offene Tür schien
für sie keine Bedeutung zu haben. Erst als sie ihren
Kropf gefüllt hatte und danach noch vier oder fünf
Stückchen im Schnabel hielt, so dass es aussah, als
hätte sie große braune Zähne, flog sie wieder davon.
In den Tagen darauf regnete es, und die Sängerin,
deren Balkon im Gegensatz zu meinem nicht über-
dacht war, verschonte uns, zumal es ihr bei diesem
Wetter auch an Publikum gemangelt hätte. Außer
dem Hundefutter legte ich ein paar dünne Scheiben
Fleischwurst auf den Tisch, um zu prüfen, welches
meiner Angebote die Krähe bevorzugte. Es war die
Fleischwurst. Ich saß reglos in meinem Sessel und
sah zu, wie sie die Wurstfetzen in einem dicken Bündel abtransportierte. Kurz darauf kam sie zurück

und holte den Rest. Am Tag darauf legte ich eine Fleischwurstspur vom Tisch über den Stuhl, den Fußboden, die Türschwelle bis in mein Zimmer, wobei ich die Wurststücke auf dem Balkon so knapp bemessen hatte, dass sie damit auf keinen Fall zufrieden sein konnte. Sie nahm, was auf dem Tisch lag, hüpfte auf den Stuhl, von da auf den Boden bis zur Türschwelle, dann wieder ein Stück zurück, nahm für eine Weile ihre gluckenhafte Haltung ein und wartete ab. Die Türschwelle markierte für sie offensichtlich die Grenze, hinter der das Feindesland lag, wo neben der Wurst die Gefahr drohte. Ich saß ganz still und wagte kaum zu atmen. Nach längerem Bedenken hüpfte sie wieder bis zur Schwelle, stürzte sich flügelschlagend auf das erste Wurststück und entfloh flatternd zurück unter den freien Himmel, wo sie ruhig sitzen blieb, als wollte sie ihre verwegene Aktion nachträglich bewerten, und wagte die Grenzüberschreitung sogar ein zweites Mal.

Seitdem legte ich an den Nachmittagen die Wurst nur noch im Zimmer aus, zuerst kurz hinter der Türschwelle und an jedem Tag ein paar Zentimeter weiter ins Innere über den Teppich bis zu meinem Sessel. Manche Wurstscheiben musste ich später wieder einsammeln, weil die Krähe, aus eigener oder ererbter Erfahrung, dem Frieden nur sehr zögerlich traute.

Der Regen zog ab, und mit der Sonne erschien auch die Sängerin wieder auf dem Balkon, was mich, solange ich mit meinem Krähenspiel beschäftigt war, nicht störte. Im Gegenteil. Die Faszination, die von dem Eigensinn des Vogels für mich ausging, schloss in diesen Nachmittagsstunden die Sängerin, die schließlich ebenso Teil der Natur war wie die Krähe, großzügig als wundersamen Menschenvogel ein, und ich konnte für diese kurze Weile vergessen, wie ihre schrille und grobe Stümperei uns alle seit Jahren quälte. Aber in die Geschichte zwischen der Krähe und mir passte sie eigentlich besser als Frau Wedemeyer oder Loretta oder irgendein anderer Mensch aus unserer Straße. Wir gaben uns beide, jede auf ihrem Balkon, einer Leidenschaft hin, die nicht zur Welt der Tagesnachrichten und des Dreißigjährigen Krieges gehörte, die keinen anderen Sinn hatte als die Freude an sich selbst. Natürlich war meine gerade entflammte Zuneigung zu meiner Krähe etwas anderes als die Obsession der Sängerin, aber sie waren von gleicher Art.

Bevor ein großer Krieg endgültig ausbricht, hat er als Wissen, wenigstens als Ahnung um seine Unvermeidlichkeit von dem Volk schon Besitz ergriffen. Anders ließe sich nicht erklären, dass in Sarajewo ein einziger Schuss fiel und alle Welt wusste, dass nun in Europa der Krieg herrschte. Hundert Jahre später ließ sich dann nachvollziehen, wie die europäischen Mächte schlafwandlerisch in die Katastrophe getaumelt waren. Oder 1932, als Hindenburg zum Reichspräsidenten wiedergewählt wurde und die Kommunisten mit der Parole »Wer Hindenburg wählt, wählt Hitler. Wer Hitler wählt, wählt den Krieg!« dagegen angekämpft und diesmal wirklich recht behalten hatten. Auch der Dreißigjährige Krieg hatte seine Vorboten in Gestalt von drei Kometen, die 1618 den Himmel durchquerten. Besonders der größte und hellste mit einem ungewöhnlich langen Schweif, heute registriert als C/1618 W1, der mit bloßem Auge zu sehen war, galt dem abergläubischen, unglücksgewohnten Volk als göttliches Zeichen kommenden Unheils. Allerdings hatten die aufständischen böhmischen Protestanten schon ein halbes Jahr zuvor die kaiserlichen Statthalter Slavata und Martinitz samt ihrem Schreiber aus einem Fenster der Prager Burg geworfen und damit jenes Fanal gesetzt, das nachträglich, zu Recht oder zu Unrecht, den Beginn einer dreißigjährigen mörderischen Verwüstung markierte. Wenn ich versuchte, Cicelys akribische Auflistung kaiserlicher, königlicher, fürstlicher, ständischer, nicht zuletzt religiöser Ansprüche und Interessen zu verstehen, wurde mir zumindest klar, dass es anderer Akteure bedurft hätte, um diesen Krieg noch zu vermeiden, und der berühmte Fenstersturz, bei dem niemand zu Tode kam, nichts anderes war als der eher komische Auftakt zu einer bitterbösen Geschichte.

Ich rauchte eine Zigarette auf dem Balkon. Hinter einem Fenster im Haus gegenüber flackerte das Licht aus einem Fernsehapparat. Bei der Sängerin war es dunkel. Ein milder Wind schaukelte die Zweige der Birke, und irgendwo in der Nähe zerriss ein schrilles Frauenlachen die Stille, sonst nächtlicher Frieden weit und breit. Es lag wohl vor allem an meiner deprimierenden Lektüre, dass meine Gewissheit, eines möglichst fernen Tages zu sterben, ohne einen Krieg erlebt zu haben, nach und nach zu einer Hoffnung schrumpfte. Meine Großmutter war im Krieg geboren worden, meine Mutter auch. Beide hat die Furcht vor Krieg nie verlassen. Ein Schuss in Sarajewo, ein Hitler, wer das erlebt hatte, wusste, wie schnell Vorahnungen sich erfüllen können. Vielleicht waren die Untergangsprophezeiungen durch den Klimawandel, die seit Jahren die Zeitungen, Parlamente und Weltkonferenzen erregten, unser Menetekel einer nahenden Katastrophe. Vielleicht spürten wir darunter ja eine ganz andere Gefahr, an der die menschliche Vernunft zu scheitern drohte, und darum musste das Unglück, wie für unsere Vorfahren, aus dem Himmel kommen, in dem kein Gott mehr thronte, hinter dem aber immer noch das Unerklärliche waltete.

Einige Tage zuvor hatte mich in der Zeitung das Wort Vorkriegszeit erschreckt. Es ging nicht um irgendeine vergangene Vorkriegszeit, nicht um 1617 oder 1913 oder 1935, sondern um gestern, heute und morgen. »Vieles sieht wie Vorkriegszeit aus«, stand da als unübersehbare Zwischenüberschrift in dem Artikel eines berühmten, auf Kriege spezialisierten Historikers. Nicht einmal während des Kalten Krieges sei die Kriegsgefahr so groß gewesen wie heute, schrieb er. Cicely hatte ihr Buch auch in einer Vorkriegszeit geschrieben. Ich fragte mich, ob sie es gefühlt hat.

Es war noch nicht einmal zwei Uhr, aber für diese Nacht hatte ich genug von Krieg und Vorkriegszeiten. Je länger ich darüber nachdachte, umso sicherer war ich, dass es auch mit unserem Frieden in nächster Zeit vorbei sein würde. In jedem Aufsatz, in jedem Cicely-Kapitel fand ich Parallelen zu unserer Zeit, zu unserer Vorkriegszeit: die kreuz und quer laufenden Fronten und Interessen, die religiös verbrämten Herrschaftskämpfe, wechselnde und undurchschaubare Bündnisse. Und diese archaische Grausamkeit, die plötzlich wieder in unsere befriedete Welt eindrang. Ich wollte zurück in den Frieden, wenigstens für diese Nacht.

Bei meiner Suche nach dem richtigen Krähenfutter war ich in einige Blogs geraten, in denen Krähenliebhaber ihre Erfahrungen, Fotos, Videos und Anekdoten austauschten, und andere, in denen Krähenverächter über unerträglichen Lärm, verdreckte Autos und gefährliche Angriffe klagten. Außer den Liebhabern und Verächtern gab es auch die Krähenhasser, die vor allem das Abschussverbot erboste, das auf dem Singvogel-Status der Krähe beruhte. Physiologisch war die Krähe nämlich ein Singvogel, was allerdings für jemanden, der Krähen nur vom Hören und Sehen kannte, nicht unbedingt nahelag. Ich wusste immer noch wenig über meinen neuen Freund, von dem ich nicht einmal sagen konnte, ob er Freund oder Freundin war. Ich wollte meine Kenntnisse über Krähen nicht nur dem digitalen Zufall überlassen und suchte darum bei Amazon noch einem passenden Buch. Auf das Stichwort Krähe wurden auf siebzig Seiten Buchtitel gemeldet, die von Kinderbüchern, Gothic Novels bis zu Ratgebern gegen Angststörungen alles enthielten, was ich nicht brauchte, aber auch einige, deren Titel und Cover Seriosität versprachen. Um meine Arbeit am Dreißigjährigen Krieg nicht zu gefährden, entschied ich mich vorerst für das dünnste Buch, zumal es als die Recherche für ein Romanvorhaben der Autorin beschrieben wurde, woraus ich schloss, dass sie sich aus völliger Ahnungslosigkeit zu einigen Grundkenntnissen über Krähen vorgearbeitet hatte, an denen ich mit relativ geringem Zeitaufwand teilhaben könnte. Mit stummer Abbitte an meine Buchhändlerin lud ich das Buch auf meinen Kindle, den ich kurz zuvor für den Dreißigjährigen Krieg angeschafft hatte, und lobte mir das märchenhafte Zeitalter, in dem man mitten in der Nacht von einer Minute zur anderen ein gewünschtes Buch vor Augen hatte; Aladins Wunderlampe oder ein Tischleindeckdich für Wissensdurstige.

Ich hatte mich nicht getäuscht, das Büchlein von zumutbarer Kürze war genau das, was ich gesucht hatte. Schon auf der ersten Seite erfuhr ich Erstaunliches, zum Beispiel, dass Krähen menschliche Gesichter wiedererkennen und dass sie sich selbst im Spiegel erkennen und einen roten Fleck, den man ihnen aufs Gefieder geklebt hatte, als Fremdkörper identifizieren können und obendrein entfernen, und zwar an sich selbst, ohne auch nur den irrigen Versuch zu unternehmen, das Spiegelbild zu säubern. Vor allem aber faszinierte mich, was wohl auch diese Autorin bewogen hatte, eine Krähe zu einer Romanfigur zu machen, dass nämlich die Krähen den Menschen von Anbeginn begleitet haben, dass sie, wie die Autorin schrieb, seine ersten Schritte im aufrechten Gang gesehen, seine ersten artikulierten Laute gehört haben, all seine Kriege erlebt und von seinen Leichenfeldern gelebt haben, dass sie Toten- und Galgenvögel genannt wurden, weil sie überall auftauchten, wo die Menschen ihre Opfer hinterlassen hatten.

Trotzdem schob ich diesen Gedanken, der mich schon wieder in den Krieg führte, erst einmal beiseite und suchte nach einem friedlicheren Kapitel. Krähen sind so klug wie Schimpansen, las ich, und galten in vorchristlicher Zeit, also ehe der Mensch sich zum Ebenbild Gottes ausrief, als weise und heilig. Besonders gefielen mir Hugin und Munin, die beiden Raben, die auf den Schultern von Odin, dem altgermanischen Gott der Schlachten und der Weisheit, saßen. Jeden frühen Morgen schickte Odin sie über die ganze Erde, zur Frühstückszeit kehrten sie zurück, setzten sich wieder auf Odins Schultern, erzählten ihm alles, was sie unterwegs gesehen hatten und mehrten so seine Weisheit und Macht. Aber selbst diese schöne Geschichte kam ohne die Wörter Schlacht und Macht nicht aus. Es lag wohl daran, dass man überhaupt keine Geschichte über die Menschen erzählen konnte, ohne auch von Kriegen und vom Morden zu sprechen. Lieber stellte ich mir vor, wie es wäre, wenn meine Krähe eines Tages im Gewühl des Wochenmarktes unter den vielen Gesichtern meins entdecken und sich freundschaftlich auf meiner Schulter niederlassen würde, und wie die Menschen um uns herum staunen oder zetern würden, manche auch ängstlich Abstand suchen. Wir aber, die Krähe und ich, würden in aller Ruhe Äpfel, Tomaten und Zwiebeln kaufen und zum Schluss eine Bratwurst, die wir uns teilen würden.

Draußen zog schon ein grauer Morgen auf. Ich

machte mir einen großen Kaffee, zündete mir eine Zigarette an und hörte den frühen Vögeln zu. Dann streute ich Hundefutter auf den Balkontisch und ging ins Bett.

Obwohl ich darauf bedacht war, die Sängerin und den Streit um sie möglichst zu ignorieren, verfolgten mich ihr Geplärre und der darauf folgende Protest sogar bis in den Schlaf. Eines Vormittags erwachte ich aus einem Traum, in dem Maria Callas mit einer Zigeunerkapelle durch unsere Straße zog und mit ihrer wunderbaren Callas-Stimme die Luft zwischen den Häuserwänden vibrieren ließ, »Un bel dì vedremo«, Puccini … Sie trug ein blutrotes Kleid mit einer gerüschten Schleppe und schritt die links und rechts parkenden Autos ab, als stünden die ihr zu Ehren da. Um mich bemerkbar zu machen, lehnte ich mich weit über die Balkonbrüstung und wickelte ein Zwei-Euro-Stück in Zeitungspapier. Die Callas sah mich, lächelte aber nicht. Ich warf das Geld direkt vor ihre Füße, sie hob es auf und nickte mir, ohne ihren Gesang zu unterbrechen, huldvoll zu. Dann wachte ich auf, aber die Callas sang immer noch, und außer ihr, lauter als sonst, sang die Sängerin. Ich brauchte eine Weile, um die Lage zu durchschauen. Offensichtlich hatte sich ein entnervter Anwohner in pädagogischer Absicht entschlossen, die Sängerin mit wahrem Gesang zu konfrontieren, um sie zu entmutigen oder zu beschämen, und hatte zu diesem Zweck seinen CD-Player in einem offenen Fenster oder auf dem Balkon platziert. Mein erster Verdacht fiel auf Loretta, aber wahrscheinlich hätte Loretta die Sängerin eher zu einer Tasse Tee eingeladen und, um ihren Gast nicht zu provozieren, nur dezent im Hintergrund die Bartoli singen lassen. Oder sie hätte ihr mit ihrem verlogenen Wiener Lächeln und der Bemerkung »weil wir beide den Gesang so lieben« eine hübsch verpackte CD *The best of Callas* geschenkt. Nein, diese akustische Attacke passte nicht zu ihr, zumal die Sängerin, was Loretta sicher vorausgesehen hätte, sich nicht etwa beschämt zurückzog, sondern sich zum Wettstreit herausgefordert sah und nun versuchte, die Callas zu überschreien. Denn so wenig wie der Verstand eines Dummen imstande ist, die eigene Dummheit zu verstehen, war es dem Gehör der Sängerin gegeben, den Unterschied zwischen ihr und der Callas zu erkennen.

Wer immer auf die Idee mit der Callas gekommen war, hatte das Gegenteil vom Gewünschten erreicht.

Auf der Straße brüllte jemand: Sind denn hier nun alle verrückt geworden, aus mehreren Fenstern wurde nach Ruhe und wieder einmal nach der Polizei geschrien, bis der Initiator der pädagogischen Maßnahme seinen Irrtum einsah und die Callas abschaltete. Und wie es sich mit missglückten pädagogischen Maßnahmen oft verhält, folgte auch aus dieser eine Eskalation des bestehenden Konflikts. Alles wurde schlimmer, als es vorher war. Der Callas-Liebhaber hatte die Sängerin auf eine Idee gebracht.

Noch am gleichen Tag stellte sie selbst ihren CD-Player auf den Balkon und sang fortan nur noch im Duett. Ich weiß nicht, ob ich vorher ihre Leidenschaft für die Operette nur nicht bemerkt hatte, oder ob sie bis dahin tatsächlich ihre kompositorische Willkür hatte walten lassen, von diesem Tag an jedenfalls herrschte die Operette über unsere Straße: »Heimat, deine Lieder«, »Ich schenk mein Herz nur dem allein«, »Du sollst der Kaiser meiner Seele sein«, »Vilja oh Vilja«, »Schlösser, die im Monde liegen«, die ganze Palette rauf und runter und wieder von vorn. Wenn wir davor schon geglaubt hatten, wir müssten von ihrem Gesang verrückt werden, so wurden wir es jetzt tatsächlich. Mehrmals am Tag versammelten sich einige Menschen vor ihrem Balkon, brüllten Beschimpfungen und Drohungen, reckten ihr die geballten Fäuste entgegen und mussten ohnmächtig zur Kenntnis nehmen, dass die Sängerin ihr Aufbegehren als Erfolg ansah, dass ihr wütendes Geschrei für sie Beifall bedeutete, dass sie nichts anderes waren als ihr Publikum. Seit sie den Trick mit der Duett-Singerei für sich entdeckt und damit endgültig die Herrschaft über unsere Straße übernommen hatte, berauschte sie sich an sich selbst. Ich hatte den Eindruck, dass sie die schöne, mühelos über die Oktaven springende Stimme, die sie hörte, wirklich für ihre eigene hielt. Sie streckte und bog ihren ungelenken Körper, schwang die Arme, warf den Kopf, sie war eine Diva, sie war glücklich. Wenn der Protest vor ihrem Balkon ihren Traum doch einmal zu stören vermochte, verwandelte sich unsere Ms Jekyll in Ms Hyde. Mit einer Stimme, die eher wie ein Hundebellen klang, quollen die obszönsten Schimpfwörter aus ihrem Mund wie gerade noch die Liebesseufzer von Franz Lehár oder Nico Dostal.

Ich bekam eine E-Mail von Frau Wedemeyer:
Liebe Frau Wolf,
die Situation ist nun endgültig unerträglich geworden, und wir sollten unverzüglich Maß-

nahmen ergreifen. Da der Justitiar von Herrn Hartmann noch im Urlaub ist, habe ich mit einem Juristen in unserer Redaktion gesprochen. Er hat geraten, den Betreuer von Frau S. einzuladen und ihm die Lage so drastisch zu schildern, wie sie nun einmal ist, und ihn vor allem auch auf die Gefahren hinzuweisen, die für sein Mündel bestehen, wenn die Situation vielleicht einmal außer Kontrolle gerät. Und das wäre, wie ich die derzeitige Lage einschätze, durchaus zu befürchten. Ich schlage den übernächsten Donnerstag um 19.00 Uhr vor, Ort: meine Wohnung in der Nr. 6, zweite Etage links. Ich werde in jedem Haus eine Einladung anbringen und hoffe, dass möglichst viele Anwohner erscheinen werden, um unserem Anliegen den nötigen Nachdruck zu verleihen. Auf Ihr Kommen hoffe ich besonders, liebe Frau Wolf, weil Sie uns hoffentlich auch beim Verfassen einer schriftlichen Beschwerde behilflich sein können.

Mit herzlichen Grüßen

Ingeborg Wedemeyer

Meinen Vorsatz, mich an zukünftigen Nachbarschaftsverschwörungen gegen die Sängerin auf keinen Fall mehr zu beteiligen, gab ich auf. Die veränderte Strategie der Sängerin machte meine bis dahin gut funktionierende Tages- und Nachtplanung zunichte, weil ich nun auch bei geschlossenen Fenstern ab neun, spätestens um zehn Uhr aus dem Schlaf gerissen wurde.

Ich glaube, das war der Tag, an dem ich begann, die Sängerin wirklich zu hassen. Und hätte meine Beziehung zu der einfüßigen Krähe nicht eine so unglaubliche, ja geradezu märchenhafte Wendung genommen, wäre ich vielleicht auch in den Strudel der furchtbaren Ereignisse geraten, die unsere Straße bald stadtbekannt machen sollten.

5.

Es war eine Nacht von Montag auf Dienstag. Und es war eine Regennacht. Am Abend hatte ich eine Talkshow gesehen, in der darüber gestritten wurde, wie Deutschland sich zum Krieg im Nahen Osten verhalten sollte. Ich versuchte mich zu entscheiden, ob ich für Deutschlands Beteiligung am Krieg war oder dagegen. Einerseits schien es mir unbedingt geboten, Despoten zu stürzen und denen beizustehen, die dafür kämpften, andererseits sprachen gerade meine frisch erworbenen Kenntnisse über den Dreißigjährigen Krieg dagegen. Kriege enden, wenn alles Blut vergossen ist, alle Ressourcen erschöpft sind, wenn niemand mehr Kraft hat, in die nächste Schlacht zu ziehen. Kriege sollte man einsperren, Mauern um sie bauen, einen Deckel darüberstülpen und ihn irgendwann ganz vorsichtig anheben, um zu sehen, was daraus geworden war. Ein Krieg musste sich selbst verzehren und durfte kein Futter bekommen. Es war herzlos, so zu denken, aber das lag am Krieg.

Ich lag mit geschlossenen Augen auf dem Sofa und hörte dem stoischen Strömen des Regens zu. Gewaltige Wassermassen, die wie eine flüssige Wand vor meinem Fenster standen, fielen seit Stunden mit monotonem, sanftem Dröhnen vom Himmel zur Erde, und mich überkam allmählich eine große Ruhe, in der sich alles zu ordnen schien: die Kriege, die bedrohlichen Bilder in den Zeitungen und im Fernsehen, unser Straßenkampf, alles floss unter dem unbeirrbaren Rauschen des Regens zu einem endlosen Panorama zusammen, in dem ein Bild auf das andere folgte, manche miteinander verschmolzen, schwerterschwingende Männer liefen hinter Panzern her, feierndes Volk und mordende Kinder, sonnenbeschienene Felder, aus denen plötzlich Feuer loderte, rasendes Vieh und rasende Menschen, grölende Horden und Kirchenchöre, wehende Banner, flatternde Standarten, Kanonenkugeln, die über Stadtmauern flogen, wütende Männer, die johlend durch unsere Straße zogen, die Sängerin stumm auf ihrem Balkon und dann tot unter den Hufen eines Pferdes, und über alles fiel der ewiggleiche Regen aus dem ewiggleichen Himmel.

Ich war wohl für Minuten eingeschlafen, und vielleicht hatte ich die wüsten Bilder geträumt. Ich wurde geweckt von einem Rascheln oder Knistern, jedenfalls von einem lebendigen Geräusch, das ich nicht einordnen konnte. Ich öffnete die Augen, sah aber nichts, was das Rascheln oder Knistern erklärt hätte, bis plötzlich wieder ein kleines, diesmal kratzendes Geräusch zu hören war, das von meinem Schrank kam. Und da gluckte sie, meine Krähe, und sah mich an aus ihren rabenschwarzen Augen.

Ich setzte mich vorsichtig auf, ohne meine Arme in ihre Richtung zu bewegen, weil ich schon vorher beobachtet hatte, dass sie bei jeder auf sie gerichteten Armbewegung zurückzuckte oder sogar aufflatterte. So saßen wir eine lange Weile, ich auf dem Sofa, sie auf dem Schrank, und sahen uns an. Irgendwann habe ich etwas gesagt, ich wusste nicht mehr was, wahrscheinlich hallo oder na du oder wie geht's denn so. Sie neigte ihren Kopf zur Seite, ließ mich dabei nicht aus den Augen, als erwarte sie etwas von mir. In der Hoffnung, es bedeute für die Krähe etwas Gutes, neigte auch ich meinen Kopf zur Seite, worauf sie ihren wieder geraderückte. Es hätte auch ein Zufall sein können, aber ich wertete es als ein erstes Zeichen der Verständigung. Sehr langsam setzte ich meine Füße auf den Boden und wartete ab, ob diese Veränderung meiner Lage sie beunruhigte. Sie hockte statuengleich auf meinem Schrank, ohne mir ein weiteres Zeichen zu geben, worauf ich es noch einmal mit dem seitwärts geneigten Kopf versuchte. Sie zögerte einen Augenblick, ihre blanken Augen unverwandt auf mich gerichtet, und dann tat sie es, sie legte ihr schönes, schwarzes, vom Regenwasser glänzendes Köpfchen auch zur Seite. Mir fiel ein, dass ich gelesen hatte, Krähen könnten nicht nur menschliche Gesichter erkennen, sondern auch freundliche von unfreundlichen unterscheiden. Also zog ich mit immer noch schräggeneigtem Kopf meinen Mund in die Breite und streckte ihr mein Gesicht entgegen. Sie stellte sich auf ihren Fuß und plusterte sich kurz, als wollte sie die letzten Regentropfen von den Federn schütteln, und ließ sich wieder in ihre Gluckenhaltung fallen. Zumindest konnte ich an ihrer Reaktion weder Ablehnung noch Furcht ablesen. Ich wagte es nun, mich langsam zu erheben, ohne die Krähe durch eine unbedachte Geste zu erschrecken, und bewegte mich in größtmöglichem Abstand zum Schrank so leise wie möglich in Richtung der Küche, um Wurst und Hundefutter zu holen. Futter anbieten war ein eindeutiges Freundschaftsangebot, das sie nicht missverstehen könnte. Als ich zurückkam, war sie verschwunden. Ich war enttäuscht, ärgerte mich über mich, weil ich die sonderbare Begegnung so leichtfertig verspielt hatte, und war gerade auf dem Weg zurück in die Küche, als ich hinter mir ein hüstelndes Krächzen hörte. Die Krähe hockte gut getarnt in einer Ecke meines alten schwarzen Ledersessels, nur ihre Augen funkelten wie schwarze Edelsteine. Ich legte die Wurstscheiben und das Hundefutter auf den Fußboden, mit reichlichem Abstand zu meinem Platz auf dem Sofa, und setzte mich wieder. Sie sah mich an, ich sah sie an. Was wollte sie von mir? Wollte sie überhaupt etwas? Oder hatte sie nur Schutz vor dem Regen gesucht? Aber warum sah sie mich an, als sollte ich endlich irgendetwas verstehen, aber was? Nach zehn oder zwanzig oder dreißig Minuten verließ mich die Geduld.

Was willst du denn? Und warum isst du nichts?, fragte ich.

Sie rührte sich nicht, immerhin schien die Ansprache sie nicht zu stören. Ich lockte sie noch ein paarmal mit einem schiefen Kopf, obwohl ihr meine hilflose Anbiederei offenbar keine Antwort mehr wert war. Ich versuchte zu lesen, konnte mich aber auf keinen einzigen Satz konzentrieren, weil ich gleichzeitig den Vogel im Blick behalten wollte, der stumm und still in seiner Sesselecke kauerte. Wahrscheinlich war er längst eingeschlafen.

Als ich am Morgen in sehr unkomfortabler Lage und mit schmerzenden Gliedern auf dem Sofa erwachte, war der schwarze Sessel leer, Wurst und Hundefutter vertilgt oder abtransportiert. Vom Balkon der Sängerin schallte es »Theophil, o Theophil, warum hast du mich kaltgestellt«. Es hatte aufgehört zu regnen, und die Sonne schien wieder. Ich schloss alle Fenster, ging ins Bett und schlief bis in den Nachmittag. Den Rest des Tages verbrachte ich mit Cicely im Biergarten der »Kaskade«. Nach dem Regen der Nacht waren die Straßen und alles Blattwerk befreit vom Staub der letzten Tage, selbst die Luft duftete wie frisch gewaschen, nur an den Straßenrändern standen noch Pfützen, in denen vom Regen abgefetzte Blütenreste schwammen.

Ich suchte einen schattigen Platz an einem Zwei-Personen-Tisch, um ungebetene Gesellschaft zu vermeiden, bestellte eine Gulaschsuppe und ein Hefeweizenbier und begann, in Cicelys Buch nach Stellen zu suchen, die ich beim ersten Lesen angestrichen hatte.

Inzwischen hatte ich immerhin eine vage Vorstellung davon, wie ich meinen Auftrag erfüllen könnte, ohne in den Verdacht zu geraten, ich hätte mich nur bei Wikipedia bedient. Ich wollte über die Vorkriegszeit schreiben und über das Resultat dieses Krieges, der innerhalb von drei Jahrzehnten einen halben Kontinent verwüstet und seine halbe Bevölkerung ausgerottet hatte. Über den Frieden, der 1648 endlich zustande gekommen war, hatte die achtundzwanzigjährige Cicely fast dreihundert Jahre später und ein Jahr vor Ausbruch des Zweiten Weltkrieges eine Bilanz gezogen, die das Vertrauen in die lernende Vernunft der Menschen, sofern man es nicht schon vorher verloren hatte, untergraben musste.

Die entscheidenden Sätze schrieb ich in mein Notizbuch und wollte sie genau so in dem Aufsatz zitieren:

»Der Westfälische Friede legte wie die meisten Friedensschlüsse durch die Umgestaltung der Landkarte Europas die Keime zum nächsten Krieg.

Der Westfälische Friede ist als in der europäischen Geschichte epochemachend beschrieben worden, und man nimmt gewöhnlich an, dass er es wirklich war. Er grenzt angeblich die Zeit der Religionskriege gegen die der bloßen Nationalkriege ab, die ideologischen von den bloßen Angriffskriegen. Aber die Abgrenzung ist genauso erkünstelt, wie es solche willkürlichen Scheidungen gewöhnlich sind. Aggressivität, dynastischer Ehrgeiz und Fanatismus sind alle gleichermaßen im nebelhaften Hintergrund der Wirklichkeit des Krieges vorhanden, und der letzte der Religionskriege ging unmerklich in die pseudonationalen Kriege der Zukunft über.«

Cicely hatte das innerste Wesen des Krieges durchschaut, und vielleicht war es die Vorkriegszeit, in der sie lebte, die sie besonders empfänglich hatte werden lassen für die Botschaft aus der Vergangenheit. Und was, fragte ich mich, würde sie heute sagen? Jetzt kamen die nationalen Kriege im alten Gewand der Religionskriege daher, und wieder waren es Aggressivität, Herrschaftsehrgeiz und Fanatismus, die im nebelhaften Hintergrund der Wirklichkeit des Krieges walteten. Und wieder lagen die Keime des Krieges in der willkürlichen Umgestaltung der Landkarte, diesmal nicht in Europa, sondern in Asien und Afrika, was letztlich keinen Unterschied ausmachte, weil Asien im Zeitalter der Luftfahrt und des Internets von Europa nicht weiter entfernt war als Magdeburg von Wanzleben vor vierhundert Jahren. Immer wieder prägte sich der Dreißigjährige Krieg wie ein Stempel auf unsere Gegenwart, jedenfalls auf das, was ich dafür hielt. Vielleicht litt ich inzwischen auch an einer Art historischer Paranoia.

Ich löffelte die Gulaschsuppe, die eher eine vegetarische Variante aus Kartoffeln und Paprika war, aber trotzdem leidlich schmeckte. Am Nachbartisch unterhielten sich zwei Frauen, offenbar Lehrerinnen, über etwas, das die ältere von beiden eine Zumutung nannte. Wie ich dem Gespräch entnehmen konnte, kamen sie gerade von einer Fortbildung.

Und das soll ich elfjährigen Kindern beibringen, sagte die Frau und schüttelte angewidert den Kopf, das versteh ich ja selbst nicht.

Also, ich hab damit kein Problem, sagte die Jüngere, was verstehst du denn daran nicht?

Dass es plötzlich sechzig Geschlechter geben soll zum Beispiel, das verstehe ich nicht.

Es geht doch nur um sechzig Bezeichnungen, nicht um sechzig Geschlechter, sagte die Jüngere mit einem nachsichtigen Lachen. Offenbar hielt sie ihre ältere Kollegin für etwas zurückgeblieben, was deren Unmut hörbar anstachelte.

Und wie viel Geschlechter sind es dann?

Weiß ich auch nicht, eben mehr als hetero und homo, mehr musst du doch auch nicht erklären.

Das reicht ja schon. Wenn ich unter dem Gekicher

der Mädchen und dem Stöhnen der Jungs erklärt habe, wie es zwischen Männern und Frauen funktioniert, muss ich dann wegen der nicht vorhandenen Körperöffnungen bei Männern auch noch über Anal- und Oralsex sprechen, und das vor Elfjährigen. Und du findest das normal?

Normal, was heißt schon normal? Darum geht es doch gerade, dass normal eben nicht unbedingt normal ist, sagte die Jüngere mit einem misstrauischen Blick zu mir und senkte die Stimme fast zu einem Flüstern, so dass ich kaum noch etwas verstehen konnte. Ich tat so, als konzentrierte ich mich nun ganz auf mein Buch und hoffte, die Frauen würden mich wieder vergessen, aber mehr als die von der Älteren wütend hervorgestoßenen Wörter Genderscheiße und Pornounterricht, der ihr bis hier stand – sie markierte mit der flachen Hand ihre Kinnlinie –, konnte ich nicht verstehen.

Ich war ganz auf der Seite der Älteren, obwohl ich nicht dazu verurteilt war, Kinder über die Vielfalt sexueller Vorlieben aufzuklären. Dafür hatte ich es mit dem Irrsinn genderspezifischer Sprachverhunzung zu tun, was mich schon öfter zur Verdammnis dieser Genderscheiße hingerissen hatte. Ich stellte mir vor, Cicely hätte von den Katholikinnen und Katholiken,

75

den Protestantinnen und Protestanten, den Herr-
scherinnen und Herrschern schreiben oder vor jede
dieser Bezeichnungen female oder male setzen müssen, weil irgendwelche Idiotinnen und Idioten sonst
ihre Doktorarbeit, die von Sebastian Haffner noch
Jahrzehnte später gerühmt wurde, nicht anerkannt
hätten.

Die beiden Lehrerinnen hatten sich wieder beruhigt, sie tuschelten und lachten, wahrscheinlich
sprachen sie über missliebige Kollegen oder über
ihre eigenen Männer, jedenfalls hatten sie die Zone
riskanter Gesprächsthemen verlassen, gönnten mir
aber keinen Satzfetzen mehr. Ich rauchte noch eine
Zigarette, trank den schalen Rest vom Bier und ging
nach Hause. Die Sonne versank gerade hinter den
Dächern und überzog zum Abschied die Stadt mit
rosigem Glanz, ein zarter Wind strich mir über das
Gesicht, und ich dachte, dass ich jetzt gern auf dem
Land wäre oder am Meer.

Das Hundefutter, das ich für die Krähe hinterlassen hatte, lag unberührt auf dem Balkontisch, was
mich verwunderte. Es war das erste Mal, dass sie ihr
Futter verschmähte. Ich setzte mich, wie am Abend
zuvor, nicht an den Schreibtisch, sondern auf das
Sofa, den Laptop auf den Knien, las noch einmal

die wenigen Sätze, die ich schon zustande gebracht hatte, dachte an die Krähe, an die Lehrerinnen in der »Kaskade« und gab, ehe ich mich ernsthafter Arbeit widmen wollte, bei Google das Wort Genderscheiße ein, das immerhin zweitausendsechshundertfünfzig Einträge zu vermelden hatte, wovon sich aber ein paar hundert auf den Ausspruch eines berühmten Unterhaltungskünstlers bezogen, der in einem Interview bekannt hatte, diese Genderscheiße mache ihn fertig. Eigentlich war es noch schlimmer, das war auch eine Art von Krieg, den eine Horde von Fanatikern in unbegreiflicher Anmaßung der Sprache erklärt hatte. Gegen etwas so Wunderbares, Uraltes, mit den Menschengeschlechtern Gewachsenes, mit ihnen gealtert und verjüngt, gegen dieses zarte, derbe, leidenschaftliche, kalte, liebende, hassende, überschäumende Anpassungswunder, in dem der Geist aller vor uns Lebenden geborgen war, zogen sie in den Kampf, um es ihrem Wahn zu unterwerfen. Heraus kam eine Sprache, die nicht gesprochen werden konnte, schon gar nicht geschrieben, die nicht einmal für Amtsblätter taugte, die nur den Irren diente, die sie gebrauchten, um einen Krieg zu führen gegen das generische Maskulinum. Und um was zu gewinnen? Das In. So stand es schon in

Luthers Bibel: Man wird sie Männin heißen, darum dass sie vom Manne genommen ist; Mose 1, Kapitel 2. Diesem In hinter dem Mann widmeten diese Irren ihr Leben, mit dem sie auch etwas Vernünftiges hätten anfangen können, verbrauchten sie Gelder für Lehrstühle, führten junge Leben in die Irre, brachten Sprachwissenschaftler und -liebhaber, die wiederum ihr Leben opferten, um die heftigsten der Attacken abzuwehren, fast um den Verstand. Die Sängerin fiel mir ein, und ich dachte, dass es viele Möglichkeiten gab, von irgendwelchen Verrückten um den Verstand gebracht zu werden, wenn man es nicht schaffte, sich dem alltäglichen Irrsinn zu entziehen.

Ich wendete mich wieder dem Dreißigjährigen Krieg zu, was zwar auch nur bedeutete, sich mit einem anderen Irrsinn zu befassen, aber wenigstens mit einem vergangenen.

Es war kurz vor Mitternacht. Ich las gerade einen Aufsatz über die phantasievolle Bekleidung der Landsknechte und ihren enormen Bedarf an Waffen, Helmen, Harnischen, Pulverhörnern und Stiefeln, was zu einer vorindustriellen Massenfertigung von allerlei Kriegsgerät führte und der thüringischen Stadt Suhl im Jahr 1632 den Höhepunkt der

Produktion von Handfeuerwaffen bescherte, ehe sie zwei Jahre später von kaiserlichen kroatischen Truppen unter Feldmarschall Johann Ludwig von Isolani geplündert und zerstört wurde. Und während ich noch über den Zusammenhang von Krieg und industrieller Entwicklung als möglichen Bestandteil meines Aufsatzes nachdachte, hüpfte ein bisschen schwerfällig auf ihrem einzigen Bein meine Krähe über die Schwelle der Balkontür. Am liebsten hätte ich sie laut jubelnd begrüßt: Hallo, da bist du ja endlich wieder, meine Liebe. Wie freue ich mich, dass du da bist, aber ich beherrschte mich und flüsterte nur: Na du, bist du wiedergekommen.

Sie hüpfte ohne Scheu weiter zum schwarzen Ledersessel, sprang flatternd in ihre Ecke und ließ sich da nieder. Ich holte Futter aus der Küche, diesmal ohne besondere Rücksicht zu nehmen, streute es auf den Fußboden und setzte mich in den Sessel der Krähe gegenüber. Es lag etwas Herausforderndes in ihrem bloßen Dasein. Sie kam mir so menschlich vor, wie sie mich ansah, ein verwunschener Mensch vielleicht, der möglicherweise sogar verstehen könnte, was ich sagte. Und wofür hielt sie mich? Für eine verwunschene Krähe?

Hör mal, sagte ich, wenn wir uns nun befreunden

wollen, brauchst du einen Namen. Wie willst du heißen?

Sie hörte mir aufmerksam zu, antwortete aber
nicht, natürlich nicht.

Ich habe etwas gelesen, sagte ich, von Hugin und
Munin, die beiden Raben von Odin. Kennst du die?

Ich glaubte, ein leises Kche oder Kcha zu hören,
vielleicht auch nur das Kratzen ihrer Kralle auf dem
Ledersessel.

Natürlich kennst du die, sagte ich, es ist ja deine
Geschichte. Willst du Hugin heißen oder Munin?
Mir ist es egal, Gedanke oder Erinnerung, mir ge-
fällt beides.

Sie reagierte nicht. Ich versuchte es anders.

Hugin?

Sie rührte sich nicht.

Munin?

Sie öffnete lautlos ihren Schnabel, das hatte ich
bei ihr zwar schon öfter gesehen, es hätte aber auch
Zustimmung bedeuten können.

Also Munin, sagte ich, die Erinnerung, das ist
schön, das brauche ich. Wenn du Munin heißt, ist es
auch egal, ob du ein Mann oder eine Frau bist. Odin
war ein Mann, Hugin und Munin sicher auch. Und
wenn du eine Frau bist, ist Munin auch in Ordnung

wegen des In am Ende, der Munin mit einem langen I oder die Munin mit einem kurzen I. So könnte man auch andere Namen vollkommen neu interpretieren. Konstantin zum Beispiel könnte man durch Betonung auf der zweiten Silbe und mit kurzem I zu einem Mädchennamen machen, die Konstantin. Oder der Kar und die Karin, der Mart und die Martin. Aber das versteht man als Krähe wahrscheinlich nicht, das ist dieses Genderzeug, sagte ich.

So redete ich vor mich hin, froh, ein Gegenüber zu haben, das mein Selbstgespräch legitimierte, zumal Munin den Anschein erweckte, meinem Gerede aufmerksam zu folgen. Seit einiger Zeit ertappte ich mich dabei, dass ich nicht nur vor mich hin dachte, sondern, ohne mir dessen bewusst zu sein, auch vor mich hin sprach. Vielleicht war das schon ein verfrühter Vorbote künftiger Senilität oder, was ich für wahrscheinlicher und weniger beunruhigend hielt, ein Symptom meiner erzwungenen Einsamkeit.

Ich setzte mich wieder auf das Sofa, um mich Munins beobachtenden Blicken zu entziehen, legte mir ein Kissen und den Laptop auf die Knie und erklärte Munin, dass ich mich nun wieder den Menschen, genauer den Landsknechten des Dreißigjährigen Krieges, zuwenden müsse.

Bei meinen Recherchen war ich auf einen Mann mit Namen Peter Hagendorf gestoßen, der vierundzwanzig Jahre als Söldner durch Europa marschiert war, dabei mehr als zweiundzwanzigtausend Kilometer zurückgelegt und der Welt ein Tagebuch hinterlassen hatte, das mich, obwohl es sich bei den Grausamkeiten des Kriegshandwerks nicht aufhielt, mit Schrecken erfüllte. Weil er sich für die Schönheit von Mühlen begeistern konnte und sich mit ihrer Technik auskannte, nahm man an, dass er ein Müllersohn gewesen war, auch weil er lesen und schreiben konnte. Müller gehörten einer gehobenen sozialen Schicht an, wie der Herausgeber des einzigartigen Tagebuchs schrieb, womit er auch die gute Schulbildung Peter Hagendorfs erklärte. Ich versuchte mir das vorzustellen: ein junger Mann aus gesitteter Familie, halbwegs gebildet, die Faksimileseiten im Buch belegten eine sehr ordentliche Handschrift, in der er nach einigen Söldnerjahren notierte:

»Den 4. Juli sind wir an die französische Grenze gekommen und an einem Schloss vorüber gekommen. Darin sind 7 Bauern gewesen, die haben sich gegen die ganze Armee gewehrt. Also haben wir das Schloss angezündet und samt den Bauern verbrannt.«

Zweimal hat er in seiner Söldnerzeit geheiratet, neun, vielleicht auch zehn Kinder wurden ihm geboren, sieben haben nur kurz gelebt, das erste hat es nicht bis zur Taufe geschafft. 1633 starben seine erste Frau und das vierte Kind. Gott verleihe ihr samt dem Kind und allen ihren Kindern eine fröhliche Auferstehung, schrieb Peter Hagendorf.

Frauen und Kinder, Marketender, Handwerker und Vieh zogen dem Söldnertross hinterher und vermehrten die Horde, die plündernd und gefräßig über Städte und Dörfer herfiel, um das Vier- bis Fünffache. Peter Hagendorf zog von 1625 bis 1649 zwischen Modena und Hamburg, Leipzig und Lüttich kreuz und quer durchs Land, eroberte, wurde vertrieben, bezog Winterquartiere.

»Mit unserer Kompanie sind wir zu Riedenburg gelegen. Wir haben gutes Quartier gehabt.«

»Aber was wir in der Altmark gefressen haben, haben wir redlich müssen wieder kotzen vor Leipzig.«

»Hier zu Riedenburg bin ich Korporal geworden, im Jahr 1632.«

»Den 16. April wieder fortgezogen nach Regensburg. Zu Kelheim an der Altmühl wird ein trefflich gutes Weißbier gebraut. Von Regensburg nach Schrobenhausen, nach Donauwörth an der Donau.

Bei Donauwörth wieder verlegt. Bald ist die schwedische Armee auch da gewesen und hat uns von Donauwörth weggejagt. Nach Rain am Lech, eine Festung.«

So und so ähnlich lesen sich Hagendorfs Aufzeichnungen über vierundzwanzig Jahre. Wie Heuschreckenschwärme zogen die Truppen durchs Land, oft nur auf Nahrungssuche. Wenn eine Gegend kahlgefressen war, zogen sie in die nächste. Für die Bewohner der massakrierten Städte und Dörfer war es wahrscheinlich gleichgültig, ob Schweden oder Ligisten, die Söldner der Katholiken oder der Protestanten durchs Land zogen, ihr Vieh stahlen, ihre Frauen vergewaltigten, die Altäre plünderten, so wie es heute den Syrern vermutlich gleichgültig war, wessen Bomben sie unter ihren Häusern begruben oder welche Milizen marodierend über ihre Dörfer herfielen.

Der Name Peter Hagendorf inspirierte mich mehr als die Namen all der Herzöge, Könige und Feldherren. Maximilian, Friedrich, Tilly, Wallenstein, die längst zu Kunstfiguren geworden waren, zu Präzedenzfällen der Geschichte. Peter Hagendorf war ein glaubhaftes, wenn auch sehr fernes, fremdes Leben. Ich stellte ihn mir vor als einen blonden, stämmigen jungen Mann, der zuerst auf Wanderschaft ging, ehe er sich in Brescia rekrutieren ließ. Er wird ältere Brüder gehabt haben, wenigstens einen, sonst hätte er die Mühle seines Vaters übernehmen können. Seine frühen Notizen zeugten von seiner Neugier auf die Welt, er war empfänglich für die Schönheit und Eigenarten von Landschaften, registrierte, ob der Boden fruchtbar war und das Korn gut stand. Mit den Jahren wandelte sich der Müllersohn zum Söldner, dessen Interesse vor allem dem Überleben, dem eigenen Status, Sieg und Niederlage, dem Sold, Plündern, dem guten Quartier mit gutem Essen und ausreichend Bier galt. Peter Hagendorf hat vierundzwanzig Jahre Krieg überlebt und nichts gewonnen.

Seine Notizen endeten:

»Den 25. September im Jahr 1649 ist unser Regiment zu Memmingen in Schwaben abgedankt worden. Ich für meine Person bekam 3 Monate Sold, des Monats 13 Gulden.«

»Den 26. gezogen nach Babenhausen, den 27. nach Günzburg an der Donau, den 28. nach Gundelfingen, den 29. nach Nördlingen, den 30. nach Öttingen ...«

Der letzte lesbare Städtename in seinen Aufzeichnungen war Straßburg. Ob er noch einen Ort gefunden hat, wo er mit seiner Frau und den beiden Kindern ein friedliches Leben begründen konnte, ließ sich nicht sagen. Der Herausgeber des Hagendorf'schen Berichts nahm eher an, dass er sich wie die meisten Söldner von einem anderen Kriegsherren hat anwerben lassen und das Leben fortführte, wie er es kannte.

Ich las noch ein paar Seiten im Nachwort über das Söldnerleben im Allgemeinen und über den diesbezüglichen Stand der Forschung, legte das Buch aber bald zur Seite. Mich beschäftigte der Mann Hagendorf, der Gleichmut, mit dem er den Tod seiner Kinder hinnahm, die eigenen Verwundungen, die jahrzehntelange Todesnähe, die Sinnlosigkeit des Gemetzels, der Eroberungen und Niederlagen. Er selbst kämpfte, nachdem die Schweden ihn erobert hatten, eine Zeit auf deren Seite, um sie später, als er wieder zu den Ligisten stieß, zu jagen. Welches Leben hätte er führen können, wäre er der einzige oder älteste Sohn des Müllers gewesen?

Vor einiger Zeit hatte ich den Artikel eines Wissenschaftlers gelesen, der die Gefahr gegenwärtiger Kriege vor allem in den überzähligen Söhnen armer, dafür bevölkerungsreicher Länder sah. Diese jungen Männer, obendrein sexuell frustriert, weil ohne berufliche Zukunft nicht heiratsfähig, würden wie Dynamit in einer Gesellschaft wirken, in der sie sich erobern müssten, was ihnen verwehrt sei. Entweder würden sie kriminell oder erfänden sich eine Theorie zu einer »gerechten« Gesellschaft, mit der sie das Töten aller, die sie zu Feinden erklärten, rechtfertigen könnten. In Europa, schrieb der Professor, habe vom 16. bis zum frühen 20. Jahrhundert eine ähnliche Situation geherrscht.

Mir erschien diese Theorie logisch, zumal er sie mit überzeugenden Zahlen belegen konnte. Danach herrschte in Europa heute auch nur Frieden, weil es höchstens noch auf eineinhalb Söhne pro Frau kam und nicht etwa, weil es durch Erfahrung klug geworden wäre. Peter, Mohamed, Hussein – alles arme Hagendorfe, dachte ich, und dass ich von Peter Hagendorf in meinem Aufsatz unbedingt erzählen sollte. Vielleicht war seine Geschichte ja, wonach ich seit Wochen suchte, die eine zarte Nervenfaser, die sich über vierhundert Jahre hinweg mit unserem Nervensystem verbinden ließ. Plötzlich spürte ich meinen Herzschlag, schnell und heftig, als hätte mein Herz schon erkannt, was sich in mir erst mühsam als Gedanke formte: dass nichts vorbei war, dass die Gewalt, Rohheit, Dumpfheit auch uns wieder erobern könnte, dass das Älteste auch das Neueste sein könnte und die Menschen in tausend Jahren an uns denken würden wie wir an die Maya, die alten Ägypter oder Römer. Klopfte diese Angst nicht längst in meinem Kopf, wenn ich die abweisenden Gesichter der kopftuchtragenden Frauen sah, die sich selbst in unserer Gegend mit jedem Tag, wie mir schien, vermehrten; oder wenn ich ihren Männern auf dem Gehweg ausweichen musste, weil ich fürchtete, sie würden mich sonst über den Haufen rennen; oder wenn ich auf dem Spielplatz an der Ecke fast nur noch schwarzhaarige Kinder sah und mir ausmalte, wie die Stadt aussehen würde, wenn sie alle erwachsen wären und selbst wieder Kinder hätten? War es nicht so, dass die hunderte Millionen Söhne uns längst den Krieg erklärt hatten, und wir glaubten immer noch, sie ließen sich beschwichtigen oder wir könnten sie besiegen? Und plötzlich – es muss an der jede Angst beflügelnden Nacht gelegen haben – fing ich an zu weinen, als sollte mir persönlich morgen der Kopf abgeschlagen werden. O Gott, mein Gott, jammerte ich vor mich hin, bis ein krächzendes Gelächter aus dem schwarzen Ledersessel mich daran erinnerte, dass ich nicht allein war.

Da wendest du dich ja an den Richtigen, sagte Munin mit einer Stimme, die ich bei einer Krähe nicht vermutet hätte. Mir schien, als klänge sie sogar meiner eigenen nicht unähnlich.

Welchen Gott meinst du denn überhaupt?, fragte Munin, hüpfte auf die Sessellehne, ließ sich in ihre Gluckenhaltung fallen und sah mich aus funkelnden Augen an. Ich hätte mich wundern sollen, dass Munin zu mir sprach wie ein Mensch, aber wahrscheinlich hatte ich mich so tief verirrt in die unglaubliche Welt des Peter Hagendorf, dass auch eine sprechende Krähe sich wie selbstverständlich in meinen nächtlichen Albtraum fügte, zumal sie ja nur aussprach, was ich auch selbst dachte. Wieso rief ich Gott an, wenn ich doch weder an den einen noch an einen anderen glaubte?

Ich glaube überhaupt nicht an Gott, sagte ich.

Dachte ich mir, sagte Munin, so seid ihr. Ihr versteht euch selbst nicht, darum landet ihr immer im gleichen Schlamassel, und dann heult ihr.

Was hat das damit zu tun, dass ich nicht an Gott glaube?

Alles. Erst erfindet ihr euch einen Gott, dann

glaubt ihr nicht an ihn, und wenn es schlimm kommt, schreit ihr wieder nach ihm. Und obendrein haltet ihr euch für vernünftig.

Ich habe nicht nach Gott geschrien.

Doch.

Ich habe ihn aber nicht gemeint.

Was dann?

Ich weiß nicht. Nichts.

Ich war zu müde und zu unglücklich, um mich auch noch von einer Krähe beschimpfen zu lassen.

Hör zu, Munin, sagte ich freundlich, aber streng, ich unterhalte mich gern mit dir, aber einen traurigen Menschen verhöhnen ist … – ich suchte nach einem passenden Wort –, das ist herzlos.

Munin lachte. Wenn sie lachte, krächzte sie plötzlich wieder wie eine Krähe.

Herzlos! Was ist herzlos? Hört dabei das Herz auf zu schlagen?

Nein, im Gegenteil, es schlägt weiter, ganz ruhig und gleichmäßig, egal was passiert. Es fühlt aber nichts, wie in dem Märchen, in dem jemand sein Herz gegen Reichtum tauscht und fortan mit einem Stein in seiner Brust herumlaufen muss. Kennst du das Märchen?

Munin antwortete nicht. Sie kauerte mit geschlossenen Augen still in ihrer Ecke, als hätte sie nicht eben noch triumphierend auf der Sessellehne gehockt und mir ihr höhnisches Gelächter ins Gesicht gekrächzt.

Munin, sagte ich leise, noch einmal, etwas lauter: Munin!

Sie öffnete ein Auge, schloss es aber gleich wieder und schlief weiter.

Ich wusste nicht, was ich davon halten sollte. Ich war sicher, dass ich sie hatte sprechen hören. Mir hallte ihr »So seid ihr« noch im Ohr.

Ich holte mir ein Glas Wasser aus dem Kühlschrank, warf noch zwei Eiswürfel rein, ich brauchte etwas Kaltes, Eiskaltes, und trank es stehend auf dem Balkon. Durch den Nachthimmel drängte schon der Morgen als ein milchigweißer Nebel; die Straße, die Stadt, die Zukunft, die Vergangenheit, die ganze Welt lag vor mir als ein großes, dunkles Rätsel. Es war Zeit, ins Bett zu gehen. Ich wollte wie gewohnt die Balkontür schließen, als mir einfiel, dass Munin vielleicht am Morgen ins Freie wollte und dann nicht wiederkäme, wenn ihr Besuch in der Gefangenschaft endete. Und so opferte ich meinen einzigen Schutz vor der Tyrannei der Sängerin meiner neuen Gefährtin, einer Krähe.

6.

Einen Tag vor der schriftlich angekündigten Versammlung rief Frau Wedemeyer mich an, um sich zu vergewissern, dass sie mit meiner Teilnahme auch wirklich rechnen dürfe. Wenn Frau Wedemeyer in Angelegenheiten der Straßenkampagne sprach, wechselte sie die Sprache wie ein Kleidungsstück. Dann sprach sie nicht mehr wie bei einem gewöhnlichen Nachbarschaftsplausch, wenn man sich zufällig auf der Straße traf, sondern verfiel übergangslos in das professionelle Deutsch einer geübten Redaktionssekretärin: ob sie mit meiner Teilnahme rechnen dürfe.

Am Tag darauf verschickte Frau Wedemeyer eine Rundmail, in der sie darum bat, einen Klappstuhl mitzubringen, sofern man über einen solchen verfüge, da erfreulicherweise sehr viel mehr Anwohner ihre Teilnahme an dem Treffen signalisiert hätten als erwartet. Ich besaß zwar vier Klappstühle, fand aber allein die Vorstellung, mit einem Klappstuhl unter dem Arm zu Frau Wedemeyer zu ziehen, so lächerlich, dass ich entschied, lieber stundenlang zu stehen, falls ich keinen von Frau Wedemeyers eigenen Stühlen ergattern könnte. Fünf Minuten vor sieben warf ich einen kurzen Blick vom Balkon und sah, wie sich tatsächlich eine für unsere kleine Straße fast als Strom zu bezeichnende Menschenmenge klappstuhlbewehrt auf Frau Wedemeyers Haus zubewegte.

Als ich kam, saßen in den beiden großen, durch eine Schiebetür verbundenen Zimmern etwa vierzig Menschen. Für mich holte Frau Wedemeyer einen Stuhl aus der Küche, nahm selbst an dem kleinen Tisch in Front zu den Versammelten Platz, verkündete die Vollzähligkeit der Anwesenden und bat einen Herrn, der sich, wie Frau Wedemeyer mit einem warmen Blick auf diesen betonte, dankenswerterweise bereit erklärt habe, uns juristisch zu beraten, an ihre Seite. Ganz unverhohlen genoss sie ihre Rolle am Vorstandstisch, die sie bislang sicher nur als Beobachterin und Protokollantin von Redaktionskonferenzen kannte, darum aber genau wusste, welche Sätze und Gesten zu einer so bedeutenden Aufgabe gehörten. Sie schilderte noch einmal, wie schon bei unserem Treffen in der »Kaskade«, die allen bekannte Situation, was schnell zu einem gespannten Gemurmel unter den Zuhörern führte, von denen einige offenbar lieber selbst reden als zuhören wollten. Aber so schnell wollte Frau Wedemeyer ihre Wortführerschaft nicht aufgeben. Sie zählte noch die misslungenen Versuche auf, der Sängerin auf juristischem Wege beizukommen, die missglückte Kündigung der Wohnung, wirkungslose Anzeigen wegen ruhestörenden Lärms und Beleidigung, sogar wegen rassistischer Diffamierung und Gewaltandrohung, weil sie südeuropäische Musikanten, die im Frühjahr durch unsere Straße gezogen waren, lauthals als verdammte Zigeuner beschimpft und dabei einen Blumentopf wurfbereit in der Hand gehalten hatte, was irgendjemandem ein willkommener Anlass war, sie dafür anzuzeigen.

Aber, sagte Frau Wedemeyer, wie wir inzwischen erfahren mussten, war die Frau in allen Fällen geschützt durch ihren Geisteszustand. Wir haben uns nun heute zusammengefunden, um zu beraten …

… wie wir schnell auch so verrückt werden, dass wir geschützt werden, rief ein Mann hinter mir dazwischen.

Allgemeines Gelächter, auch Frau Wedemeyer lachte. Die Frau neben mir flüsterte ihrem Nachbarn zu: Das ist der Taxifahrer, der wohnt direkt unter ihr.

Der Mann, ermutigt durch den Erfolg seines Zwischenrufs, sprang auf. Er war vielleicht Mitte fünfzig, massig, aber nicht dick, kurze graue Haare, seine Stimme erregt und fest: Ihr lacht, dit is aber überhaupt nicht zum Lachen. Wer kümmert sich denn um jemand wie mich, der jede Nacht uff seine Droschke steigt und die Leute durch die Gegend kutschiert, der seine Steuern zahlt und seine Miete. In diesem Land muss man inzwischen verrückt sein, zu doof oder zu faul zum Arbeiten, nicht Deutsch können, drogenabhängig oder kriminell sein, damit sich jemand mit dir beschäftigt. So sieht's doch aus. Die Frau kann eine janze Straße terrorisieren, und die is aber die Einzje, um die man sich kümmert. Weil se verrückt is.

Applaus. Die meisten klatschten. Loretta und ihr Mann lächelten sich einverständig an und hielten ihre Hände still. Die russische Klavierlehrerin sah sich nach ihren Nachbarn links und rechts um, der eine klatschte, die andere nicht. Sie klatschte zweimal zaghaft in die Hände, mehr nicht. Lottas Mutter streckte dem Taxifahrer ihren erhobenen Daumen entgegen und rief: Genau so ist es. Frau Wedemeyer konnte ihre Zufriedenheit nicht verbergen, obwohl sie sich Mühe gab, neutral zu wirken. Ich saß am äußersten Rand in der vorletzten Reihe, so dass ich einen guten Blick auf die ganze Versammlung hatte. Aus meinem Haus fand ich nur das Ehepaar Herforth aus der zweiten Etage und Professor Hirsch aus dem Dachgeschoss. Herforths waren Rentner, und der Professor verbrachte die meiste Zeit an seinem Schreibtisch, sie gehörten wie ich zu den Leidtragenden, während alle anderen Bewohner unseres Hauses einer geregelten Arbeit nachgingen und wenigstens an den Wochentagen von der Sängerin verschont blieben. Ihr Leidensdruck war offenbar nicht stark genug, um sie an einem Donnerstagabend in eine Straßenversammlung zu locken.

Der Taxifahrer setzte sich mit einem zufriedenen Schnaufen, ein erregtes Grummeln lief durch die Reihen. Frau Wedemeyer bat um weitere Wortmeldungen.

Es meldete sich ein Mann, den ich nur als den Besitzer eines großen schwarzen Audi kannte, weil ich ihn ein paarmal bei imponierenden Parkmanövern beobachtet hatte. Er stellte sich mit seinem Namen vor, den ich aber nicht verstand. Er wolle sich bemühen, etwas Sachlichkeit in die aufgeheizte Stimmung zu bringen, kündigte er an. Er käme beruflich viel herum und werde mit Konflikten verschiedenster Art konfrontiert und müsse sagen, dass es weitaus schlimmere Nachbarschaften gebe als die der Frau S., Atomkraftwerke zum Beispiel oder Eisenbahnstrecken, Einflugschneisen von Flughäfen. Wenn eine arme verwirrte Frau schon als Terroristin bezeichnet werde, wie wolle man dann die wirklichen Terroristen bezeichnen? Natürlich sei der Gesang dieser Frau auf Dauer lästig, aber in einer Großstadt wohnten nun einmal viele Menschen auf engem Raum miteinander, und Gott sei Dank lebten wir in einem Land, in dem auch die Persönlichkeitsrechte verwirrter Personen gewahrt würden. Er plädiere darum für eine Mäßigung in der Diskussion.

Der arbeitet beim Fernsehen, murmelte meine Nachbarin vor sich hin.

Für ein paar Sekunden schien die Ermahnung des Audi-Besitzers zu wirken, bis eine Frau in die Stille sagte: Na, wenn Sie so viel unterwegs sind, dann hören Sie das Geplärre auch nicht so oft.

Das Gelächter kam vor allem aus den hinteren Reihen, wo sich, wie ich inzwischen festgestellt hatte, vor allem die Bewohner der Neubauten versammelt hatten, während die Altbaubewohner, die fast alle in den ersten drei Reihen saßen, sich von dem Aufruf zur Mäßigung durchaus beeindruckt zeigten. Auch Frau Wedemeyer wollte keinen Zweifel an ihrer Sachlichkeit aufkommen lassen und beteuerte, dass die Versammlung ja gerade dem Zweck diene, eine weitere Eskalation des Konflikts zu verhindern.

Frau Herforth aus meinem Haus meldete sich zu Wort. Sie war eine schmale, sehr höfliche Person mit einer zarten Stimme, die angesichts der heiklen Situation, in die sie sich einzumischen wagte, ein wenig zitterte. Mein Mann und ich haben schon überlegt, sagte sie, dass die Gewohnheiten der Frau S. in einer Straße mit viel Verkehr, wo es sowieso laut ist, vielleicht gar kein Problem wären.

Sie denken hoffentlich nicht an eine Zwangsumsiedlung?, rief Lorenz von Wiesenberg.

Ja, meinen Sie das etwa?, sekundierte Loretta.

Um Gottes willen, nein. Frau Herforth war so erschrocken, dass sie sich verschluckte und von einem peinlichen Husten geschüttelt wurde.

Natürlich nur, wenn Frau S. einverstanden wäre, sprang Herr Herforth ihr bei.

Nun mischte sich der Jurist an Frau Wedemeyers Seite ein: Das würde allerdings in die Zuständigkeit des Betreuers von Frau S. fallen, und da sei nach seiner Erfahrung wenig Bereitschaft zu erwarten.

In den hinteren Reihen rumorte es, den Taxifahrer hielt es nicht auf seinem Stuhl.

Also, ehe wir hier zu den juristischen Spitzfindigkeiten kommen, noch ein Wort zu dem Herrn mit der Mäßigung. Sicher jibt es auf der Welt Schlimmeres als diese Frau. Schlimmeret jibts immer. Aber Züge müssen fahren, und Flieger müssen landen, aber die Frau muss nicht von morgens bis abends uff ihrem Balkon singen. Es jibt genug Sachen, die man nicht ändern kann, denn sollte man doch wenigstens ändern, wat sich ändern lässt. Is meine Meinung.

Ehe Frau Wedemeyer eingreifen konnte, sprang der angesprochene Herr auf und wandte sich direkt an den Taxifahrer. Er nehme dessen Unmut ja ernst, und wenn er ihn richtig verstanden habe, arbeite er nachts und brauche darum am Tag natürlich Ruhe, sagte er in einem Ton, bei dem ich an das Tänzeln eines Boxers vor dem Angriff dachte. Und so kam es auch.

Aber ich entnehme Ihren Worten auch, sagte der Audi-Besitzer mit anschwellender Stimme, was ich hinter dem unverhältnismäßigen Aufruhr seit geraumer Zeit vermute. Ihre Wut über alles, was Sie nicht ändern können, richten viele der Anwohner auf Frau S. Wenigstens die soll verschwinden. Sie führen hier einen Stellvertreterkrieg gegen eine hilflose, also hilfsbedürftige Person. Und das ist, entschuldigen Sie das harte Wort, das ist schäbig.

Das war der K. o.-Schlag. Von Wiesenberg und Loretta klatschten, die meisten in den vorderen Reihen schlossen sich, wenn auch zögernd, an. In den hinteren Reihen kam es zu tumultartigem Lärm. Der Taxifahrer stand auf, klemmte seinen Klappstuhl unter den Arm, erklärte mannhaft, dass er so mit sich nicht reden lasse, murmelte noch etwas von der nächsten Wahl, auf die er sich schon freue, wünschte noch einen schönen Abend und ging.

Ich saß als Altbaubewohnerin inmitten der Neubaubewohner, was meiner Position in diesem Streit durchaus entsprach. Ich befürchtete, dass der Taxifahrer keine Skrupel hätte, die Sängerin umstandslos in eine geschlossene Anstalt zu sperren oder ihr vielleicht sogar die Stimme wegoperieren zu lassen. Noch weniger sympathisch allerdings war mir der Audi-Fahrer mit seiner routinierten Kampfrhetorik. Ich glaubte sofort, dass der Mann beim Fernsehen arbeitete. Mir schien der Vorschlag von Frau Her-

forth, die Sängerin in eine laute Hauptverkehrs-
straße umzusiedeln, wo ihr Gesang selbst mit Unterstützung aus dem CD-Player vom allgemeinen
Tosen des Straßenlärms verschluckt würde, die bisher vernünftigste Lösung zu sein, auch wenn der Jurist meinte, dass sie am Betreuer der Frau scheitern
würde.

Nach dem Auszug des Taxifahrers herrschte für
eine Weile ratlose Stille, die es Frau Wedemeyer
ermöglichte, ihre Rolle als Diskussionsleiterin wieder zu erobern. Sie bat alle Anwesenden vor allem
um Respekt, auch vor unliebsamen Meinungen.
Respekt, das war das Wort, das jetzt fallen musste,
dachte ich. Wenn einem gar nichts mehr einfiel,
musste man Respekt fordern, Respekt war das ab-
gedroschenste Wort der letzten Jahre. Jeder Klein-
oder Großkriminelle berief sich auf mangelnden
Respekt, wenn er erklären sollte, warum er sein Messer in eine fremde Brust gestoßen hatte.

Frau Wedemeyer forderte also auch Respekt, ehe
sie ihrem juristischen Berater noch einmal das Wort
erteilte. Der konnte aber nur sagen, was wir alle
schon wussten, dass nämlich der Sängerin juristisch
nicht beizukommen sei und wir nur darauf warten
könnten, dass sie eine Gefahr für Leib und Leben,

das eigene oder fremdes, darstellte. Erst dann, bei nachweislicher Suizidgefahr oder Gefährdung anderer Personen, ließe sich an weitgehende Maßnahmen denken. Loretta kündigte noch an, demnächst ein Gespräch mit Frau S. zu suchen, vielleicht sie auch auf einen Kaffee einzuladen. Sie könne einfach nicht glauben, dass mit der Frau nicht zu reden sei.

Der allgemeine Aufbruch vollzog sich still. Erst auf der Straße bildeten sich kleine Gruppen, die, auf ihre Klappstühle gestützt, noch miteinander sprachen. Ich ging mit dem Ehepaar Herforth und Professor Hirsch, der während der ganzen Versammlung kein Wort gesagt und, soweit ich es sehen konnte, keine Miene verzogen hatte, zu unserem Haus.

Na, dann können wir ja nur hoffen, dass alles ganz schnell schlimmer wird, sagte der Professor zum Abschied.

7.

Vielleicht wäre die ganze Affäre nicht so furchtbar und blutig ausgegangen, wie sie ein paar Wochen später ausgegangen ist, wäre es bei dieser Versammlung nicht zu den Feindseligkeiten zwischen dem Taxifahrer und dem Audi-Besitzer gekommen, in deren Folge sich die ganze Anwohnerschaft unerwartet in zwei Parteien gespalten hat, was umso unverständlicher war, als alle gleichermaßen unter der Sängerin zu leiden hatten. Auch an die schriftliche Beschwerde, bei deren Verfassen Frau Wedemeyer sich meine Hilfe erhofft hatte, war nun nicht mehr zu denken.

In den Tagen danach kam es mir vor, als wäre die gleichgültige Freundlichkeit, die bis dahin zwischen den Anwohnern unserer Straße geherrscht hatte, nun vergiftet von einem allgemeinen Misstrauen. Die Blicke, die man im Vorübergehen tauschte, taxierten den jeweils anderen und ordneten ihn der eigenen oder der anderen Partei zu. Da man sich aber oft nicht sicher sein konnte, blieb ein Lächeln, das vorher zur Begrüßung gehört hatte, verhalten, und nur die Leute sprachen noch miteinander, die sich in ihrer Wut auf die Sängerin schon vor der unseligen Versammlung einig gewesen waren. Ich beschloss endgültig, alle Aktivitäten in dieser Angelegenheit zukünftig zu meiden und mich, soweit es möglich war, auch Gesprächen über die Sängerin und eventuellen Maßnahmen gegen sie zu entziehen.

Als ich am Abend nach der Versammlung in meine Wohnung kam, suchte ich Munin vergeblich in ihrer Sesselecke. Obwohl für den Abend Regen angesagt war, hatte ich für sie die Balkontür offen gelassen.

Für die Arbeit war diese Nacht verloren. Ich versuchte, meine Erkenntnisse unseres seltsamen Treffens zu ordnen, von dem Frau Wedemeyer sich immerhin eine gemeinschaftliche Resolution, wenigstens einen Beschwerdebrief erhofft hatte, und das stattdessen einen neuen, viel tieferen Streit heraufbeschworen hatte. Was bisher eben nur zu diesem zwar bedauerlichen, aber hinnehmbaren Umstand geführt hatte, dass es keinem der in unserem Viertel immer mal wieder eröffneten Restaurants gelungen war, die Bedürfnisse der Altbau- und Neubaubewohner gleichermaßen zu bedienen, was nach spätestens anderthalb Jahren zu deren Schließung geführt hatte, offenbarte nun, da man sich einander nicht entziehen konnte und stattdessen aufeinander angewiesen war, eine verborgene Unversöhnlichkeit. Wahrscheinlich war es ja so, dass weder die Preisklasse noch das Angebot eines Restaurants entschied, ob es für alle Anwohner tauglich war oder nicht, sondern dass die einen sich in der Gesellschaft der anderen einfach nicht wohl fühlten, dass der Audi-Fahrer aus dem Altbau seinen Merlot nicht neben dem Taxifahrer aus dem Neubau trinken wollte und der Taxifahrer neben dem Audi-Fahrer nicht sein Bier. Auch ich saß, wenn ich die Wahl hatte, lieber unter meinesgleichen als unter lärmenden Bauarbeitern oder gelangweilten, übergewichtigen Ehepaaren, die prüfende Blicke auf anderer Leute Teller warfen. Und hätte es den Krieg nicht gegeben, würden in unserer Gegend nur prachtvolle Altbauten mit Fünf-, Sechs-, Sieben-, sogar Zehnzimmerwohnung stehen, in denen vorwiegend wohlhabende Menschen mit ähnlichen Vorlieben und Manieren leben würden und sich auch in anliegenden Restaurants problemlos begegnen könnten. Ich mixte mir einen Gin Tonic, zappte mich durch das TV-Programm, fand nichts, was mich interessierte, schaltete den Ton aus und wartete auf die Spätnachrichten, während ich im Speicher meines Telefons nach einer Person suchte, die ich so spät noch anrufen könnte, um von unserer missglückten Revolte zu berichten und dann vielleicht über den ganzen Irrsinn sogar zu lachen. Aber außer meiner Freundin Rosa, deren frivoler Humor selbst in katastrophalen Lebenslagen noch ein mögliches Gelächter aufstöbern konnte, fiel mir niemand ein. Und Rosa bekämpfte gerade ihre Trauer um ihren Hund Rosso, der vor zwei Monaten gestorben war, im Dienst an Bukarester Straßenhunden.

Rosso haben wir im Garten von Rosas Schwester begraben, neben Leila, Rosas vorletztem Hund. Rosa weinte, ich weinte auch.

Später fuhren wir zu mir und tranken zwei oder drei Flaschen Wein.

Es ist doch Scheiße mit diesen Hunden, sagte Rosa, dass sie einem immerzu sterben.

Wir sprachen auch über anderes. Worüber ich gesprochen habe, wusste ich nicht mehr, nur dass ich irgendwann versucht habe, die Sängerin nachzuahmen, um Rosa einen Eindruck von meinem täglichen Martyrium zu vermitteln. Und Rosa erzählte skurrile Geschichten aus ihrem Leben als Nachhilfelehrerin. Eigentlich war sie Fotografin, ein Beruf, der sich im Universum des Internets aufgelöst hatte wie Brausepulver in Wasser, meinte Rosa. Aber zu ihrem Glück war Rosa eine Diplomatentochter und in wenigstens vier Ländern aufgewachsen. Sie sprach Englisch, Französisch und Spanisch und finanzierte so ihren abhandengekommenen Beruf. Wenn die Eltern es erlaubten, porträtierte sie ihre Schüler. Manchmal kaufte man ihr sogar ein Bild ab. Wir redeten die ganze Nacht, zwischendurch weinte Rosa, und ich tröstete sie. Gegen Morgen beschloss sie, nach Rumänien, Rossos Heimatland, zu fahren, um dort ein paar Wochen für den Verein zu arbeiten, der ihr Rosso vermittelt hatte. Rosa war die Einzige, der ich jetzt gern von Frau Wedemeyer, dem Taxifahrer und dem Audi-Mann erzählt hätte. Ich schickte ihr eine Nachricht, obwohl ich nicht sicher war, ob sie die in Bukarest auch empfangen könnte: Wann kommst Du zurück? Würde gerade so gern mit Dir reden. Deine Mina.

Seit fast fünf Jahren lebte ich allein und war nach einer in ihrer zweiten Hälfte unerfreulichen, am Ende sogar quälenden Ehe mit diesem Zustand vorwiegend einverstanden. Besonders am Morgen, wenn ich mich, noch benommen von der nächtlichen Seelenwanderung, erst langsam den Anforderungen des Tages zuwandte, genoss ich es, dass Ruhe um mich war. Niemand, der über zu starken oder zu dünnen Kaffee murrte, über schlechten Schlaf und Rückenschmerzen klagte, der geräuschvoll in der Zeitung blätterte und missbilligend aufsah, wenn ich mir die nächste Zigarette anzündete. Mein Alleinsein wurde mir lieber, je länger es dauerte. Nur manchmal überkam mich ein kindliches Bedürfnis nach Trost. Ich hätte nicht einmal sagen können, worüber ich getröstet werden wollte. Meistens gab es keinen konkreten Anlass, sondern nur eine allgemeine schwere Traurigkeit über ein namenloses Etwas, die sich nach einem Leidensgenossen sehnte. Das kam nicht oft vor, aber gerade an diesem Abend wäre ich gern nicht allein gewesen. Obwohl die Nachrichtensendung längst begonnen hatte, schaltete ich den Ton nicht ein, sondern ließ das Tagesgeschehen stumm vorüberziehen. Ruinen, Leichen, Panzer, die schwarze Fahne mit dem Gottesspruch auf weißem Rund in der Mitte; dann eine bekannte Politikerin, energisch grimassierend, der Mund beim Reden zu einem Rechteck verzerrt, was so tonlos umso grotesker wirkte. Ihre Stimme kannte ich, auch ohne sie zu hören, auch die Sätze konnte ich mir denken. Ich dachte ernsthaft darüber nach, ob sich die Welt taub besser ertragen ließe, was meine Gedanken wieder auf die Sängerin lenkte und den ganzen verpatzten Abend mit Frau Wedemeyer, Loretta und dem Taxifahrer, an den ich nicht mehr hatte denken wollen.

Ich war schon beim zweiten Gin Tonic, als Munin über die Schwelle hüpfte.

Ah, wenigstens du, Munin, rief ich, wenn du wüsstest ...

Munin flatterte auf den schwarzen Ledersessel und machte es sich in ihrer Ecke bequem, ihre Augen funkelten sonderbar. Spöttisch, dachte ich, sie macht sich über mich lustig. Und dann passierte es wieder, ich hörte sie sprechen.

Was sollte ich wissen, was ich nicht weiß, fragte sie. Ihre Stimme klang genau so, wie ihre Augen funkelten, spöttisch. Ich weiß alles, ich habe zugehört, sagte sie.

Mir fiel ein, dass ich, als der Taxifahrer gerade seinen Stuhl zusammenklappte, hinter dem angelehnten Fenster für einen Augenblick einen kleinen schwarzen Schatten gesehen und dabei an Munin oder eine andere Krähe gedacht hatte.

So fängt es immer an, ihr seid für Frieden einfach nicht begabt, sagte Munin, zupfte sich beiläufig eine lose Feder aus dem Flügel und ließ sie auf den Teppich fallen.

Ich hätte ihr sofort recht gegeben, wäre ihr besserwisserischer Ton nicht gewesen. Der Satz, so bedeutend er daherkam, war nichts als eine Binsenweisheit. Dass die Menschen für den Frieden nicht sonderlich begabt waren, wusste jeder, der sich auch nur oberflächlich mit ihrer Geschichte befasst hatte. Und ich, die ich gerade aus dem Dreißigjährigen Krieg kam, wusste es erst recht. Die Geschichte der Menschen war die Geschichte ihrer Kriege. Die Frage war nur: Warum? Warum landeten wir trotz aller Einsichten und guten Vorsätze immer wieder in irgendwelchen Katastrophen?

Warum? Du willst wissen, warum? Munin krächzte ihr hässliches Krähenlachen. Offenbar konnte sie sogar meine Gedanken lesen.

Weil ihr immer das Falsche lernt, sagte Munin. Darum werdet ihr auch mit der Frau nicht fertig, die euch mit ihrem Gesang allmählich so verrückt macht, wie sie selbst schon ist. Aber verrückt dürft ihr zu der ja gar nicht mehr sagen. Dabei ist verrückt ein ganz treffliches Wort: etwas, in dem Fall der Verstand, ist nicht da, wo er hingehört. Und so ein gutes, richtiges Wort schafft ihr ab, aber das nur nebenbei. Also … Munin sprang wieder auf die Sessellehne und dozierte weiter: Eine Ahne mütterlicherseits hat vor hundert oder mehr Jahren einige Zeit neben einer Irrenanstalt genistet und Schauerliches erlebt. Geschlagen, gefesselt, in eiskalte Keller gesperrt hat man die armen Kreaturen, so dass meine Ahne meinte, man hätte sie besser töten sollen. Und das, aber das weißt du selbst, habt ihr ja später auch gemacht, das Schwache und Verrückte ausgemerzt, liebe, blöde Menschen einfach umgebracht. Und hättet ihr nicht auch noch sechs Millionen Juden ermordet und außerdem den Krieg verloren, wäre es der restlichen Welt vielleicht gar nicht aufgefallen. Damals dachten viele so. Aber ihr wart erschrocken über eure Missetaten und habt euch lebenslange Sühne geschworen. Seitdem werft ihr euch schützend über alles, was ihr für schwach und hilflos haltet. Ihr rettet halbtotgeborene Kinder, die dann ein Leben lang gefüttert und gewindelt werden müssen, ohne je ein Wort des Dankes über ihre spastischen Lippen bringen zu können, ihr lasst Todgeweihte nicht mehr sterben, sondern lieber jahrelang faulend in den Betten siechen. Das habt ihr aus euren Schandtaten gelernt. Und was glaubst du, wohin das führt?, fragte Munin, plusterte sich auf der Sessellehne und wartete auf meine Antwort.

Ich hatte ihr geduldig zugehört, obwohl sie bisher nichts gesagt hatte, was ich nicht schon wusste. Auch die Frage, wohin das führen würde, hatte ich mir schon gestellt, meinen Blick in die Zukunft aber immer vorzeitig abgewendet.

Na, das wirst du mir sicher gleich verraten, sagte ich. Vorher hole ich mir noch einen Gin Tonic. Nüchtern halte ich deine Prophezeiungen vielleicht nicht aus.

Munin rief mir hinterher, ich solle ihr ein paar Stücke Wurst mitbringen.

Ich mixte Gin und Tonic zu gleichen Teilen, um mich für Munins vorausschauende Weisheit zu wappnen, nahm zwei Wiener Würstchen aus dem Kühlschrank, eins für mich, das zweite zerschnitt ich in schnabelgerechte Stücke, die ich diesmal nicht auf den Boden streute, sondern Munin auf dem Tisch servierte.

Na, dann los, sagte ich, wohin führt, was wir aus unseren Schandtaten gelernt haben?

Munin hüpfte auf den Tisch, schluckte drei Wurststücke hintereinander und sprang zurück auf ihre

Sessellehne, die ihr wohl ein Gefühl von Augenhöhe mit mir bescherte.

Ich habe zuerst gefragt, denk doch selbst nach, sagte sie.

Es wird wohl nicht gut ausgehen, sagte ich.

Denk weiter, sagte Munin und hüpfte auf ihrem Bein hin und her, als wollte sie mich so zu einer schnelleren Antwort bewegen, um dann, als ich zu lange zögerte, doch selbst weiterzureden.

Du traust dich nur nicht zu sagen, was du denkst. Dabei ist es sonnenklar, jedenfalls für uns, die wir euch eine Ewigkeit kennen. Glaubst du, dass eure wenigen Nachkommen ihr Leben dem Windeln, Waschen und Füttern einer Jahr für Jahr anschwellenden Masse hilfloser Greise opfern wollen? Dass sie sich nicht fragen, warum sie kein Recht auf ein Leben außerhalb dieser Sterbegruften haben? Eines Tages werden sie pfeifen auf die Heiligkeit des Menschenlebens, weil sie ihr eigenes Leben haben wollen. In ihrer Wut und Verzweiflung über ihr versklavtes Dasein werden sie sich der Alten entledigen, sie werden sie umbringen oder einfach sterben lassen. Das wird passieren, sagte Munin, hüpfte auf dem Tisch in meine Richtung, bis sie dicht vor mir saß, sah mir gerade in die Augen: Wir haben euch seit

Hunderttausenden Jahren zugesehen. Es gibt keine Grausamkeit, zu der ihr nicht fähig wärt. Willst du wissen, wie es weitergeht?

Nein, sagte ich, es reicht.

Ich sage doch, ihr kennt euch nicht, sonst hättest du nicht nein gesagt. Es wird wieder gut. Die Jungen werden selbst älter und kennen das Schicksal, das ihnen zugedacht ist. Darum machen sie rechtzeitig Gesetze, die das verbieten. Wahrscheinlich sind sie sogar ehrlich entsetzt über ihre jugendliche Grausamkeit. Man wird sich empören über die Verbrechen an den Alten und schwören, dergleichen nie wieder zuzulassen. Vermutlich wird man den Alten raten, zur gegebenen Zeit selbst aus dem Leben zu scheiden, was diese dann in Erinnerung an die eigenen Missetaten auch tun werden.

Und das nennst du gut?

Besser könnt ihr es nicht, weil ihr, wie ich schon sagte, immer das Falsche lernt.

Und was wäre das Richtige?

Sterben lassen, was nicht leben kann. So jedenfalls machen wir es.

Ihr seid Tiere.

Ihr auch.

Nein. Doch. Natürlich. Aber anders, andere Tiere

als ihr. Wir haben Verstand und Vernunft, wir können Maschinen bauen, wir können auf den Mond fliegen. Wir haben Computer …

Munin unterbrach mich mit einem schrillen Krähenschrei. Ob ich nicht selbst merkte, wie albern meine Prahlerei sei. Sei es nicht vielmehr so, dass die Menschen voller Neid rätselten, wie Vögel ohne Navigationssysteme über Tausende Kilometer ihre Wege durch den Himmel fänden und Fische ihre Laichgründe durch Meere und Flüsse. Sie müssten sich so aufwendige Geräte nicht erfinden, weil sie zu ihrer natürlichen Ausstattung gehörten. Und irgendwann würden wir, die Menschen, noch merken, dass wir ein schlechtes Geschäft gemacht haben, als wir unser tierisches Genie gegen das bisschen Verstand eingetauscht haben.

Ich bin gern Mensch, sagte ich, ich hab auch gern Verstand.

Und bist du damit glücklich?

Bist du denn glücklich?

Ich denke über so was nicht nach. Ich weiß gar nicht, was das ist. Ich esse und fliege und krächze, lege Eier, brüte sie aus und fliege und singe. Aber ihr denkt euer Leben lang darüber nach, ob ihr glücklich seid oder nicht und wie es wäre, glücklich zu sein oder so unglücklich wie ein anderer. Überhaupt treibt ihr merkwürdige Dinge, wenn man euch durch die Fenster zusieht. Ihr seht fünfzigmal am Tag in den Spiegel, als würdet ihr euch darin suchen. Und wenn ihr euch gefunden habt, seht ihr enttäuscht und traurig aus. Und soll ich dir sagen, warum das so ist? Weil ihr diesen Verstand habt und darum denkt, dass ihr alles, was euch nicht gefällt, ändern könnt. Und dabei bringt ihr dann alles durcheinander. Der Tod darf nicht sein, Unglück darf nicht sein, euer Gesicht kommt euch falsch vor. Nichts könnt ihr lassen, wie es ist, als wärt ihr Gott.

Was weißt du denn von Gott, fragte ich, allmählich ermattet von Munins Klugschwätzerei, die mir offenbar den Gedanken nahelegen wollte, dass wir vor Urzeiten besser auf den Bäumen geblieben wären.

Ich bin Gott, sagte Munin, darum sprichst du ja mit mir.

Quatsch, sagte ich, wenn du Gott wärst, könnte ich gar nicht mit dir sprechen, weil ich nicht an Gott glaube.

Ach, und woran du nicht glaubst, das gibt es nicht? Munin spreizte die Flügel, rief mir noch zu: denk noch mal darüber nach!, und verschwand durch die offene Balkontür im Dunkel der Nacht.

Ich saß noch lange auf dem Sofa, dachte darüber nach, was Munin mit der Behauptung, sie sei Gott, gemeint haben könnte, dass sie allein Gott sei, was ich nicht für möglich hielt, oder alle Krähen, aber warum nur die Krähen, oder alle Rabenvögel oder alle Vögel oder alle Tiere, also auch die Menschen, vielleicht auch die Pflanzen, also alles, der Himmel, die Sterne, der Mond, die Sonne und ich, auch ich und die Sängerin wären demnach Gott. Ich war beim vierten Gin Tonic, und in meinem Kopf ging es zu wie bei einem Staubgestöber, in das sich seltsam rauschende, klirrende, wie aus der Ferne kommende Töne drängten. Wenn wir alle und alles Gott wären, dann könnte ich auch an ihn glauben, dachte ich. Aber was wäre dann anders als vorher?

8.

Von Rosa kam eine tröstliche Nachricht: Bin bald zurück. Warte nur auf den Pass für Titan (siehe Foto). Gruß und Kuss Rosa.

Das Foto zeigte Rosa, braungebrannt und glücklich in die Kamera lächelnd, auf dem Arm einen kleinen, schwarzweißgelockten Hund, dem eine rosa Zungenspitze aus der Schnauze hing und der offenbar auf den unpassenden Namen Titan hörte, weil Rosa ihn, wie ich später erfuhr, in dem Bukarester Stadtbezirk Titan, der seinen Namen wiederum einer ehemaligen Zementfabrik verdankte, unter einem Abfallhaufen gefunden hatte.

Mein Aufsatz nahm allmählich Gestalt an. Das unglückliche Schicksal Peter Hagendorfs erwies sich für mich als eine glückliche Quelle der Inspiration. Im Internet und in Tageszeitungen sammelte ich Berichte über Grausamkeiten gegenwärtiger Kriege, die ebenso gut aus Hagendorfs Aufzeichnungen hätten stammen können und die geeignet waren, den Glauben an die moralische Läuterung der Menschheit zu erschüttern. Zu Peter Hagendorfs lakonischer Mitteilung über die wehrhaften Bauern, die man samt einem Schloss bei lebendigem Leib verbrannt hatte, zitierte ich eine Meldung über fünfzig nigerianische Christen, die vor den Terroristen von Boko Haram im Haus ihres Pastors Schutz gesucht hatten, und da alle miteinander verbrannt wurden. Und ich erinnerte an die Juden von Jedwabne, die in eine Scheune getrieben und darin verbrannt wurden. Und an die Millionen Juden, die von den Deutschen vergast und verbrannt wurden. Und an das christliche Ehepaar aus der Nähe von Lahore, das von seinen Nachbarn in den Feuerofen einer Ziegelbrennerei gesteckt wurde.

Munins Behauptung, die Menschen seien für den Frieden einfach nicht begabt, spukte mir immer noch im Kopf herum. Eigentlich war sie das Fazit dessen, was ich bei Cicely und meiner sonstigen Lektüre zum Dreißigjährigen Krieg gefunden und was in mir die bedrohliche Ahnung, auch wir lebten wieder in einer Vorkriegszeit, heraufbeschworen hatte. Ob mein Auftraggeber mit meiner Interpretation seines Auftrags zufrieden sein würde, bezweifelte ich, aber was immer ich las, lenkte meine Gedanken fast zwanghaft in unsere Zeit, deren Unbeherrschbarkeit sogar schon offen in den Zeitungen diskutiert wurde. Mein Gefühl, unsere gewohnte Ordnung löse sich ganz allmählich auf, und auf sicher geglaubte Vereinbarungen zwischen den Menschen sei kein Verlass mehr, speiste sich gewiss auch aus meiner gezielten Suche nach solchen Schreckensberichten. Aber immerhin waren sie zu finden, die Meldungen über zunehmende Vergewaltigungen, Messerstechereien, Raubzüge und sogar Angriffe auf die Polizei, als sei mit den Millionen Menschen, die in den letzten Jahren aus fremden Kontinenten eingewandert waren, auch der Krieg eingewandert, dem sie entflohen waren.

Eines Nachmittags, ich war gerade aufgestanden, sah ich mich entgegen meiner Gewohnheit genau im Spiegel an. Ich vermied diese prüfenden Blicke in den Spiegel schon lange, weil sie meistens eine Enttäuschung bereithielten. Selbst wenn ich mich schminkte, achtete ich nur auf die Partien, die ich gerade bearbeitete, und scheute das Gesamtbild. Aber an diesem Nachmittag sah ich mir gerade und lange ins Gesicht und fand mich fremd, irgendwie verwirrt oder verzweifelt, vielleicht auch nur zergrübelt oder ängstlich, jedenfalls anders als ich glaubte auszusehen. Und dann, plötzlich, widerwilliges Erkennen: Ich sah aus wie meine Mutter, damals, wenn sie angewidert die Zeitung beiseitewarf, weil darin doch nur gelogen wurde, oder wenn sie erschöpft von einer Elternversammlung kam, zu der sie immer ohne meinen Vater ging, weil sie fürchtete, der könnte sich nicht beherrschen und mir Ärger bereiten, oder wenn sie die alten Fotos aus Bari ansah und seufzte: Mein Gott, warum sind wir damals bloß nicht dageblieben? So sah ich jetzt aus, wie meine Mutter vor dreißig Jahren, nur weil ich einen Aufsatz über den Dreißigjährigen Krieg schreiben musste.

Ich wusch mir die Haare, zog die weißen Jeans an, dazu eine blauweißgemusterte Bluse, rief, der Reihenfolge im Telefonspeicher folgend, Personen an, von denen ich glaubte, dass sie zu Hause sein könnten. Der Vierte endlich meldete sich, mein alter Freund Friedrich. Wir verabredeten uns im Café Einstein in der Kurfürstenstraße. Auf der menschenleeren Straße empfingen mich eine staubige Hitze und das schrille Geplärre der Sängerin, eine verirrte Fliege flog mir gegen die Stirn. Frieden, dachte ich, es ist doch Frieden.

Wir kannten uns seit der Schulzeit und waren zu verschiedenen Zeiten ineinander verliebt, zuerst ich in Friedrich, als ich in der neunten Klasse war und Friedrich in der zehnten. Aber da war Friedrich gerade verliebt in eine Evelyn, eine schwarzhaarige Schönheit aus meiner Parallelklasse, in die noch sieben oder neun andere Jungen verliebt waren, die aber einen Freund hatte, der schon studierte. Ich lernte Gedichte von Heine auswendig, als erstes das von dem Jüngling, der ein Mädchen liebt, das einen anderen erwählt hat, der aber eine andre liebt und sich mit dieser vermählt. Es ist eine alte Geschichte, doch bleibt sie immer neu, doch wem sie just passieret, dem bricht das Herz entzwei. Friedrich brach mir das Herz entzwei und die schwarzhaarige Schönheit ihm, und als unsere Herzen wieder geheilt waren, verliebte sich Friedrich in mich, aber ich, obwohl ich mich bemühte, konnte mich nicht noch einmal in Friedrich verlieben. Ich vermutete, dass es auch an der Ungleichzeitigkeit und der somit ausgebliebenen Erfüllung unseres Verliebtseins lag, dass wir immer noch Freunde waren. Dabei hatten sich unsere Wege nach der Schulzeit für Jahre getrennt. Ein halbes Jahr nach meinem Abitur fiel in Berlin die Mauer. Friedrich, durch eine rechtzeitig angelegte Krankenakte vom Wehrdienst befreit, studierte schon Maschinenbau, brach das Studium aber ab und zog für zwei Jahre nach Chicago, wo eine Schwester seiner Mutter lebte, die in den fünfziger Jahren in dem berühmten Westberliner Jazzclub »Eierschale« einen amerikanischen Piloten kennengelernt hatte, den sie ein Jahr später heiratete, und mit ihm nach Amerika ging. Die Söhne der Tante betrieben eine kleine Flugschule, in der Friedrich als Mechaniker mithalf und Englisch lernte. Als er zurückkam, trafen wir uns in einer der neu eröffneten Kneipen im Prenzlauer Berg, den die zugezogenen Schwaben neuerdings so nannten, wie er wegen seines zu langen Namens in den Stadtplänen abgekürzt wurde: Prenzlberg. Damals hätte ich mich vielleicht noch einmal in Friedrich verlieben können. Ich hatte inzwischen ein paar kleine Reisen nach Rom, Paris und Amsterdam unternommen, hatte mich in einer Journalistenschule eingeschrieben und jobbte nebenbei als Kellnerin. Mir hatten der Fall der Mauer und der große Umbruch im Land nicht viel abverlangt. Meine Eltern hatten mich im Geist von Minas Lied erzogen:

Heißer Sand und ein verlorenes Land
Und ein Leben in Gefahr.
Heißer Sand und die Erinnerung daran,
Dass es einmal schöner war.

Mir gingen keine Illusionen zu Bruch, ich musste auch nicht das Vertrauen in meine Eltern verlieren, ich hatte gerade mein Abitur gemacht und stand, so oder so, an einem Anfang. Meine Erfahrungen mit der neuen Welt sammelte ich in der Charlottenburger Kneipe, in der ich zweimal in der Woche und an Wochenenden kellnerte. Aber Friedrich kam aus Amerika, er hatte New York gesehen und den Grand Canyon, die Niagarafälle und die Mojavewüste, alles Sehnsuchtswörter für mich. Vielleicht kam es mir nur so vor, aber mir schien, er sei in den zwei Jahren gewachsen. Ich hätte mich vielleicht noch einmal in ihn verliebt, hätte er mich auch nur im Geringsten dazu ermutigt. Aber Friedrich war vom amerikanischen Geist beseelt, das Wort Karriere, das für mich immer noch anrüchig klang, war für ihn inzwischen von jedem Verdacht befreit. Karriere war Zukunft und Glück. Er ging nach Stuttgart, wo man, wie er sich erkundigt hatte, am besten Maschinenbau studieren konnte. Jahrelang hörten wir kaum etwas voneinander, schrieben hin und wieder eine Karte zu Weihnachten oder zum Geburtstag, Friedrich schickte eine Hochzeitsanzeige, zwei Jahre später ich auch, von Friedrich kamen noch zwei Karten, auf denen er die Geburt seiner Kinder verkündete.

Erst zehn Jahre später liefen wir uns an der Kreuzung Ku'damm Ecke Joachimsthaler Straße in die Arme, wirklich in die Arme, wir umarmten uns lange mitten auf der Kreuzung, bis die Autos hupten, weil die Ampel inzwischen auf Rot geschaltet hatte. Friedrich gründete ein Unternehmen in Berlin, etwas Spezielles, eine Marktlücke, erklärte er, irgendeine IT-Spezialität, von der ich nichts verstand, Berlin sei gerade günstig für Neugründungen. Seitdem trafen wir uns wieder öfter, nicht häufig, vielleicht vier- oder fünfmal im Jahr. Es war wohl das Zugeständnis an unsere zeitversetzte Jugendliebe, dass wir unsere Freundschaft nicht auf unsere Ehen ausdehnten. Friedrichs Frau kannte ich nur von Fotos.

Friedrich hatte einen Tisch im Garten erobert und winkte mir zu, als ich auf der Treppe stand, die aus dem Restaurant ins Freie führte, und nach ihm suchte. Ich hätte ihn sonst auch kaum erkannt, weil ich auf keinen Fall nach einem bärtigen Mann gesucht hätte. Wir hatten uns vier oder fünf Monate nicht gesehen, in denen Friedrich ein graumelierter Vollbart gewachsen war. Den hätte er sich während seiner letzten Schiffsreise wachsen lassen, sagte Friedrich. Wahrscheinlich sah er mir an, dass ich Bärte nicht mochte. Ich vermutete darunter immer ein fliehendes Kinn oder etwas anderes, das der Bartträger für korrekturbedürftig hielt. Diesmal seien sie rund um die Ostsee gefahren, erzählte Friedrich, drei Monate unterwegs, großartig.

Vor drei Jahren hatte er seine Firma verkauft. Seine Rechnung, die er mir damals, als wir uns in Berlin wiedergetroffen haben, erklärt hatte, war aufgegangen. Berlin war ein günstiger Standort für Neugründungen, er hatte tatsächlich eine Marktlücke gefunden, die er einem großen Autokonzern anbieten konnte, dem er lange zuarbeitete und am Ende seine Firma verkaufte. Friedrich war reich. Er kaufte eine Motoryacht, auf der er und seine Frau das halbe Jahr die Welt bereisten. Und auf der letzten Reise rund um die Ostsee hatte er sich den Bart stehen lassen, aus Bequemlichkeit, sagte er. Er sei nur in Berlin wegen der Kinder, die beide gerade angereist seien. Der Sohn studiere in Amerika, die Tochter in England.

Schön, sehr schön, sagte ich und versuchte, mir Friedrich ohne Bart vorzustellen und so ein monatelanges Eheleben auf einem Schiff. Ob es nicht zu eng sei, fragte ich, aber Friedrich sagte, das Schiff sei groß und sowieso würden sie darauf nur übernachten und hätten ja die ganze Welt.

Ich sagte, dass ich nicht einmal mehr meine eigene Straße hätte, jedenfalls nicht am Tag, nur in der Nacht, und dass ich mich seit Wochen im Krieg befände, in der Nacht im Dreißigjährigen und am Tag im Straßenkrieg, und dass ich froh sei, jetzt hier mit ihm zu sitzen und zu hören, dass man tatsächlich noch die halbe Welt bereisen könne, ohne beschossen zu werden.

Wir lachten, Friedrich, der ja nicht wissen konnte, warum mir meine Straße nicht mehr gehörte, lachte lauter als ich, prostete mir zu und sagte: Na ja, wir lachen, aber im vorigen Sommer haben wir noch geplant, in diesem Jahr gen Süden zu schippern, zur anderen Küste vom Mittelmeer, das haben wir uns dann doch anders überlegt. Also ab in den Norden, das Baltikum, Finnland, Schweden.

Er wischte sich mit dem Handrücken die Weintropfen vom Bart, lächelte, als wundere ihn selbst, was ihm gerade einfiel: Erinnerst du dich an den Song von Geier Sturzflug »Besuchen Sie Europa, solange es noch steht«? Die dachten dabei noch an die Pershing 2 und einen Atompilz überm Kölner Dom.

Die Sonne flimmerte durch das Laub der Kastanie, die dicht an der Mauer zum Nachbargrundstück stand, an den Tischen ringsum wurde geredet, gewispert, gelacht, wir saßen in dem schönsten Gartenrestaurant von Berlin bei eiskaltem Sauvignon, es war ein Sommernachmittag, wie man ihn im Winter erträumt, und wir sprachen schon wieder vom Krieg.

Ich kenne jetzt eine Krähe, sagte ich, die kommt nachts in meine Wohnung.

Seine Frau sei ganz verrückt nach Krähen, sagte Friedrich. Früher hätten sie ein Paar im Garten gehabt, jahrelang, bevor sie so lange auf Reisen waren. Aber in der Wohnung, wirklich in der Wohnung? Hoffentlich scheißt sie dir nicht aufs Sofa?

Sie frisst und schläft. Sie hat nur einen Fuß.

Ich überlegte einen Moment, ob ich Friedrich erzählen sollte, dass wir miteinander sprachen, Munin und ich, befürchtete aber, er würde mich für überspannt halten, was ich ja vielleicht auch war, im Gegensatz zu Friedrich, dem Algorithmen vertrauter sein dürften als Vögel, und dass ich mit dem Geständnis meiner spukhaften Begegnungen mit einer Krähe lieber auf Rosa warten wollte.

Das Schöne ist, dass sie keine Angst vor mir hat, sagte ich, um zu rechtfertigen, dass ich die Krähe überhaupt erwähnt hatte.

Friedrich wippte sein Glas zwischen den Fingerspitzen und sah in den hin- und herschwappenden Wein, als könnte er darin etwas lesen.

Es ist seltsam, sagte er, wenn man erst mal raus ist aus der Arbeitsmühle, werden andere Dinge wichtig, und man fragt sich, warum man sich all die Jahre darum nicht gekümmert hat. Lu und ich waren ganz fasziniert von der Vogelwelt, die wir unterwegs beobachtet haben. An der schwedischen Küste sind wir versehentlich in der Nähe einer Brutkolonie von Seeschwalben gelandet, und plötzlich ist eine Armee schreiender Vögel über unsere Köpfe geflogen und hat das ganze Boot vollgeschissen, auch eine Art der Kriegsführung.

Friedrich erzählte von seiner Reise, Riga, Tallinn, immer noch ärmlich, aber beeindruckend, was die inzwischen auf die Beine gestellt haben, die Tallinner Altstadt, ganz beachtlich, und dann Kopenhagen, das Louisiana-Museum, großartig, allein die Anlage, direkt am Öresund, eigentlich hat er es nicht so mit der modernen Kunst, trotzdem, sehr beindruckend. Ob ich das Louisiana-Museum gesehen hätte, fragte Friedrich. Ja, mit Lutz, kurz vor der Scheidung, sagte ich, aber ich könne mich kaum erinnern, wir hätten uns die ganze Zeit nur gestritten.

In mir breitete sich ein nervöses Unbehagen aus, gespeist aus Missgunst, vielleicht sogar Neid. Da gondelten zwei durch die Welt, als ginge sie der Rest nichts an. Wenn Friedrich früher versucht hatte zu erklären, mit welchen Produkten seine Firma so erfolgreich war und welche Neuentwicklungen er plante, hatte ich zwar kaum verstanden, worum es ging, konnte mich mit ihm aber freuen, wenn ein Prototyp gelungen war oder er bei Vertragsverhandlungen erfolgreich gepokert hatte. Aber was hatten wir jetzt miteinander zu tun? Was hatte mein Leben mit Friedrichs luxuriösem Motoryachtleben noch zu tun? Andererseits wusste ich nicht, was ich ihm vorwerfen wollte. Er hatte sein Geld ja nicht gestohlen. Warum sollte er nicht nachholen, was er bis dahin versäumt hatte? Was war dagegen einzuwenden, Tallinn und Riga zu sehen oder Kopenhagen und das Louisiana-Museum? Besuchen Sie Europa, solange es noch steht. Und was würde ich denn machen,

130

wenn ich so viel überflüssiges Geld hätte wie Friedrich? Auf keinen Fall würde ich einen Aufsatz über den Dreißigjährigen Krieg für irgendein Kaff in Westfalen schreiben, vielleicht würde ich überhaupt nichts schreiben, sondern mir eine Finca auf Mallorca kaufen, um für den Rest meines Lebens allen Minustemperaturen zu entkommen. Ich könnte Malen oder Töpfern lernen, Tagebuch schreiben und Briefe, vielleicht ein Buch, nur so für mich. Das Reich der Freiheit beginnt jenseits der Notwendigkeit oder so ähnlich stand es doch bei Marx. Friedrich lebte im Reich der Freiheit und ich im Reich der Notwendigkeit, das war es. Allerdings lebte er im Reich der Freiheit mit Lu, und mein Leben in der Finca, zu der ich es sowieso nie bringen würde, wäre ziemlich einsam.

Friedrich winkte der Kellnerin. Wir trinken doch noch ein Glas, fragte er und bestellte, ohne meine Antwort abzuwarten. Er sah sich um, als nähme er jetzt erst wahr, wo wir uns befanden, nickte zufrieden, wirklich schön hier, sagte er, und du guckst so mürrisch. Womit bist du denn unzufrieden, mit mir oder mit dir?

Sollte ich ihm sagen, dass mich gerade seine abgehobene Zufriedenheit reizte, weil der beunruhigende Zustand der Welt, der mir sogar mein Spiegelbild verzerrte, ihn nur im Hinblick auf seine Reiserouten interessierte, dass ich überhaupt nicht verstand, wie wir uns seit einer Stunde unterhalten konnten, ohne über die Kriege zu sprechen, die uns bedrohten, und über den Atem der Gewalt, der durch unsere Städte zog. Aber hatte ich ihn nicht angerufen, weil ich gerade dem entkommen und mich davon überzeugen wollte, dass außerhalb meiner Wohnung und jenseits meiner Straße noch immer der gewohnte Frieden herrschte? Weil ich Munins Geschwätz über unsere fehlende Begabung zum Frieden aus meinem Kopf verjagen wollte?

Ich hob mein Glas, um mit Friedrich anzustoßen, sagte, ich sei verrückt, vom Krieg infiziert, nachts mordende Söldnerhorden, am Tag eine irre Sängerin und wütende Nachbarn. Und nun er mit seiner Motoryacht und Lu, friedlich übers Meer gondelnd.

Mit einem fragenden Blick griff Friedrich nach meiner Zigarettenschachtel und dem Feuerzeug, zündete sich gemächlich die Zigarette an, sah mich eine Weile an, stieß dabei genüsslich den Rauch aus, er hatte sich vor einiger Zeit das Rauchen abgewöhnt.

Verstehe, sagte er, und nun denkst du, der kommt

aus einer anderen Welt, Geld, Motoryacht, keine anderen Sorgen, als den nächsten Hafen anzusteuern. Sieht ja auch ein bisschen so aus. Aber weißt du, wenn du da draußen bist, weit und breit nur Wasser, still oder geheimnisvoll bewegt, als wäre es lebendig, und über dir der unendliche Himmel und die unfassbar vielen Geschöpfe unter dir und über dir, dann verstehst du plötzlich, dass die Erde nicht untergeht, wenn der Mensch von ihr verschwindet, dass wir nur eine Spielart dieses Lebens sind und dass die hundertdreißigtausend Jahre, die zwischen dem Neandertaler und uns liegen, dem Universum nichts bedeuten. Und wenn du dann noch in der glücklichen Lage bist, nicht darüber nachdenken zu müssen, woher du das Geld für den Rest deines Lebens nimmst, dann kann passieren, dass dir die Gegenwart entrückt und du anfängst, sie wie Vergangenes zu betrachten. Nichts von dem, was geschieht, könnte ich verhindern. Und selbst wenn ich es könnte, ich wäre nicht sicher, dass daraus nicht noch größeres Unglück entstünde. Was du siehst, sehe ich auch, aber ich will mich daran nicht vergiften.

Er drückte die erst zur Hälfte gerauchte Zigarette aus, schob seine offene Hand über den Tisch und wartete auf meine. Für einige Sekunden lagen unsere Hände ineinander. Und endlich fand ich unter dem Bart Friedrichs Gesicht wieder, in dem sich für mich immer das Gesicht des siebzehnjährigen Friedrich, in den ich verliebt gewesen war, bewahrt hatte.

Wollen wir etwas essen, fragte er. Ich bestellte Tafelspitz, Friedrich Wiener Schnitzel und noch zwei Gläser Wein. Da hätten wir lieber gleich eine Flasche bestellen sollen. Wir blieben, bis es dunkel wurde und kühl. Ich erzählte von der Sängerin und dass sie seit dem Callas-Experiment nur noch im Duett sang, was mich bis in den Traum verfolgt hatte, und von dem Straßenkampf zwischen Neubau- und Altbaubewohnern und Professor Hirschs galliger Bilanz, wir könnten nur hoffen, dass es ganz schnell schlimmer wird. Natürlich geriet meine ganze Erzählung zur Posse, die es, sofern man nicht zu den Leidtragenden gehörte, auch war. Friedrich pries sein Leben auf dem Schiff, fern von jeglicher Nachbarschaft, in das sie in einer Woche schon wieder aufbrechen würden. Ich erzählte ausführlich von den nächtlichen Besuchen der Krähe, auch dass ich ihr den Namen Munin gegeben hatte, nur dass wir uns über Gott und die Welt stritten, verschwieg ich. Er hoffe, die Krähe sei nicht meine einzige nächtliche Gesellschaft, sagte Friedrich, und ich sagte, ab und zu träfe ich mich auch mit einem Peter Hagendorf. Friedrich fuhr mich nach Hause, drei Gläser Wein in vier Stunden lägen unter der Promillegrenze, meinte er. Zum Abschied umarmten wir uns.

Gute Reise, wünschte ich.

Halte durch, sagte Friedrich.

9.

Fast eine Woche ließ Munin sich nicht blicken. Ich sorgte mich um sie, aber weniger als zu Beginn unserer Bekanntschaft. Inzwischen hielt ich sie für zu klug und erfahren, als dass sie unter den Rädern eines Autos enden oder Opfer von Artgenossen werden könnte. Eher glaubte ich, dass sie sich über mich geärgert hatte oder mir Zeit zum Nachdenken lassen wollte. Denk darüber nach, hatte sie mir zum Abschied zugerufen. Bei meinen Spaziergängen suchte ich unter den Krähen, von denen es in unserer Gegend unzählige gab, nach einer Einfüßigen, was mit einiger Wahrscheinlichkeit bedeutet hätte, dass es Munin gewesen wäre. Ich lockte sie mit kleinen Wurststücken von den Bäumen, aber alle Krähen, sofern sie sich mir überhaupt so weit näherten, dass ich ihre körperlichen Besonderheiten hätte erkennen können, waren unversehrt.

Nach einem meiner Spaziergänge fing mich Frau Herforth im Treppenhaus ab. Ob ich nicht einen

Augenblick zu ihnen reinkommen wolle, sie seien gerade beim Kaffeetrinken, ihr Mann und sie. Ich zögerte, weil die Herforths mich noch nie eingeladen hatten und ich ahnte, dass sie mit mir nur über das ganze unselige Theater um die Sängerin sprechen wollten. Sie hätte auch einen frischen Pflaumenkuchen, sagte Frau Herforth und zupfte auffordernd am Ärmel meiner Bluse. Mir blieb nichts übrig, als ihr zu folgen. Die Herforth'sche Wohnung überraschte mich. Ich hatte sie mir eher düster vorgestellt, vollgepfropft mit allerlei Kleinmöbeln und Bildern, was sich im Laufe zweier Leben eben ansammelt. Die Wohnung meiner Eltern sah so aus. Aber das Wohnzimmer der Herforths war licht und sparsam möbliert und wirkte moderner als seine Bewohner. Zwei über Eck gestellte sandfarbene Sofas, davor ein Glastisch, an der Wand gegenüber den Fenstern ein Bücherregal bis fast unter die Decke, über einem Sofa ein großes, allein in seinen Farben heiteres Bild: der Blick aus einem Fenster auf die Kreuzung einer südlichen, wahrscheinlich italienischen Stadt mit Autos, Pferdewagen und Menschen, alle sehr klein, im Fensterrahmen ein überdimensionierter bunter Sommerstrauß.

Das ist Florenz, sagte Herr Herforth, wir haben

die Kreuzung gefunden, als wir dort waren. Das war unsere erste Reise nach dem Mauerfall.

Wir sind nämlich aus dem Osten, fügte Frau Herforth hinzu.

Ich sagte, dass ich auch aus dem Osten käme, was die Herforths aber schon wussten, und ich darum die Einzige im Haus sei, der sie davon erzählten, weil sie die Erfahrung gemacht hätten, dass die Blicke der Menschen sich irgendwie veränderten, wenn sie hörten, man komme aus dem Osten.

In Ihrer Generation vielleicht nicht mehr, sagte Frau Herforth, aber wir haben das sehr stark so empfunden.

Ach, lassen wir die alten Geschichten. Greifen Sie doch zu, sagte Herr Herforth und wies einladend auf den Pflaumenkuchen.

Trotzdem erfuhr ich im Laufe des Nachmittags, dass sie beide in der Buchbranche gearbeitet hatten, er als Bibliothekar, sie als Buchhändlerin, dass ihr einziger Sohn in den achtziger Jahren wegen versuchter Republikflucht siebzehn Monate im Gefängnis gesessen hatte, ehe er vom Westen freigekauft wurde, und nun als Justitiar in einem großen Unternehmen angestellt war. Sie selbst waren Anfang der Neunziger aus Weißensee hierhergezogen.

Wir waren ja noch nicht fünfzig, sagte Frau Herforth, wir wollten das hinter uns lassen, dieses Land, die Nachbarn, sogar unsere alten Möbel, nur die Bücher und Bilder, nur unser Eigenstes haben wir mitgenommen.

Herr Herforth lud mir eigenhändig ein Stück Kuchen auf den Teller. Für einen Mann waren seine Hände ungewöhnlich schmal und zart.

Eigentlich hätten sie sich mit mir über die verunglückte Versammlung und die unerfreulichen Folgen unterhalten wollen. Außer Professor Hirsch seien sie und ich ja die einzigen Zeugen aus unserem Haus gewesen. Und nun das, alle paar Tage Polizei in der Straße.

Offenbar waren mir wegen meiner verlagerten Wach- und Schlafenszeiten wieder einmal wesentliche Ereignisse entgangen. In der Nacht zum Mittwoch hatte jemand dem Audi-Mann die Reifen zerstochen. Schon morgens um sieben hatte ein Nachbar ihn geweckt und von dem Anschlag berichtet. Die Polizei wurde gerufen, konnte aber nicht mehr tun als die Anzeige aufnehmen, denn Fingerabdrücke wären ja nur auf der Tatwaffe zu sichern gewesen, und Fußspuren auf einem Gehweg könnten auch kaum Hinweise auf den Täter ergeben. Der

Audi-Mann stand noch lange telefonierend neben seinem demolierten Auto, ob er mit dem Pannendienst, seinem Anwalt oder seinem Sender gesprochen hatte, wussten die Herforths nicht. Jedenfalls sei er sehr aufgebracht und wütend gewesen, was man ja verstehen könne. In der Nacht zum Freitag wurden dann die Reifen von Lorettas Auto zerstochen. Wieder kam die Polizei, diesmal nahmen sie sogar die Fingerabdrücke von den Radkappen ab und fotografierten einige Spuren um das Auto herum, was vermutlich völlig sinnlos war, aber immerhin Aufklärungswillen bezeugte und die weinende Loretta etwas beruhigte.

Der Taxifahrer wurde vernommen, natürlich auch Frau Wedemeyer als Initiatorin des Protests, sogar Lottas Mutter und noch andere, die während der Versammlung aufgefallen und, wie man annehmen musste, der Polizei als verdächtig genannt worden waren. Manche Autobesitzer, besonders solche aus den Altbauten, suchten sich seitdem Parkplätze in der Umgebung.

Man traut sich kaum noch auf die Straße, sagte Frau Herforth und zog die cremefarbene Strickjacke über ihrer Brust zusammen, als würde sie frösteln. Immerzu fürchte man, in der Sache angesprochen oder gar verdächtigt zu werden, als Täter oder Denunziant, dabei läge ihr das eine so fern wie das andere. Hat man Sie denn noch gar nicht angesprochen?

Wahrscheinlich war ich zu ungewöhnlichen Zeiten aus dem Haus gegangen und hatte darum kaum jemanden getroffen. Außerdem richtete ich meine Blicke meistens nach oben, weil ich in den Bäumen nach Munin suchte, und so kaum eine Möglichkeit bot, mit mir ins Gespräch zu kommen. Nicht einmal von den Kindern hatte ich etwas mitbekommen, die seit einigen Tagen, wahrscheinlich aufgehetzt von ihren Eltern, vor dem Balkon der Sängerin ihre Späße trieben, indem sie ihren Gesang und ihre divenhaften Gesten nachahmten, was bei der Sängerin natürlich heftigste Wutausbrüche auslöste, mehrfach hatte sie eimerweise Wasser auf die Kinder geschüttet, sie allerdings nie getroffen. Das Treiben der Kinder sei wirklich unanständig, sagte Herr Herforth, die Frau sei schließlich krank, und dass sich für das Problem keine vernünftige Lösung finde, liege nicht an ihr, sondern an unsinnigen Verordnungen. Und ob ich denn gesehen hätte, dass aus dem Fenster des Taxifahrers neuerdings eine

141

deutsche Fahne hängt. Was das mit der Sache zu tun habe, wisse er nun wirklich nicht. Schließlich sei die Frau ja auch Deutsche.

Die Fahne hatte ich gesehen, aber selbst wenn ich gewusst hätte, dass sie zum Taxifahrer gehörte, hätte ich keinen Gedanken darauf verschwendet, weil ich sie irgendeinem Sportereignis zugeordnet hatte. Aus den Neubaufenstern hingen bei Fußballwelt- oder europameisterschaften immer einige deutsche Fahnen. Aber ein solcher Zusammenhang ließe sich diesmal nicht herstellen, klärte Herr Herforth mich auf.

Genau wusste ich natürlich auch nicht, was die patriotische Aufwallung des Taxifahrers ausgelöst hatte, vielleicht war ihm etwas Besseres als die Demonstration seiner Staatsbürgerschaft nur nicht eingefallen: Seht her, auch ich bin Bürger dieses Landes, aber niemand wahrt mein Recht auf Schlaf! Immerhin hatte er die Versammlung mit der Drohung verlassen, er freue sich schon auf die nächste Wahl. Ich konnte mir aber vorstellen, dass sich sein missachtetes Schlafbedürfnis mit anderem verbunden hatte, das nicht in unserer kleinen, übersichtlichen Straße stattfand, was er aber sah und hörte, wenn er nachts durch die Bezirke fuhr, in denen Clans und Drogenhändler herrschten, oder was seine Stammkunden,

Kneipenbesitzer und Clubbetreiber, die er im Morgengrauen nach Hause fuhr, ihm von Messerstechereien und Erpressungen erzählten, oder Frauen, die sich ein Taxi eigentlich nicht leisten konnten, aber zu viel über Vergewaltigungen gelesen hatten, seit Millionen fremder junger Männer ins Land geströmt waren. Und dann in seiner eigenen Straße noch eine Verrückte, gegen die er so machtlos war wie gegen alles andere. Das alles könnte sich in dem aufgebrachten Gemüt unseres Taxifahrers zu einer Wut verknäult haben, die nach außen drängte und nun, eingeklemmt zwischen Fensterrahmen, als schlaffes schwarzrotgoldenes Stück Stoff aus seinem Fenster hing.

Man wisse ja nicht, was noch so in ihm rumort, sagte ich. Ich hätte überhaupt den Eindruck, dass eine allgemeine Missstimmung um sich greift, die sich plötzlich entlädt, wo man es nicht vermutet, im Supermarkt, nur weil ein Einkaufswagen ungeschickt abgestellt wurde, oder auf der Straße, weil man versehentlich jemandem den Weg vertrat, als warteten die Menschen nur darauf, ihren aufgestauten Ärger auszustoßen.

Der Blick, den die Herforths tauschten, signalisierte mir, dass ich an ein geheimes Einverständnis zwischen ihnen gerührt hatte. Frau Herforth griff nach der Kaffeekanne und goß nach, obwohl die Tassen noch halbvoll waren, Herr Herforth sortierte mit der Kuchengabel die Krümel auf seinem Teller. Er überlegte wohl, ob er mir anvertrauen wollte, worüber er und seine Frau sich offensichtlich einig waren.

Ja, man wird vorsichtig mit dem, was man sagt. Wir hätten auch nicht gedacht, dass sich das in unserem Leben noch einmal wiederholt, sagte er endlich mit einem bitteren Lachen, das zu seinen hellen Augen und dem verzagten Zug um den Mund nicht passte. Wer weiß, wie man später mal über diese Jahre denken wird.

Er griff kopfschüttelnd nach seiner Tasse, Frau Herforth atmete so geräuschvoll aus, dass es wie ein unterdrücktes Seufzen klang, während ich an Friedrichs Worte denken musste: die Gegenwart wie Vergangenes betrachten, so wie den Dreißigjährigen Krieg, wie das Leben Peter Hagendorfs oder wie die Eiszeit, die auch irgendwann endete.

Manche sprechen schon von einer Vorkriegszeit, sagte ich.

Bewahre uns Gott, rief Frau Herforth erschrocken und schlug ihre Hände ineinander wie zum Gebet.

Vielleicht lag es an diesem frommen Wunsch, dass wir drei plötzlich lachten, oder wir wollten uns den düsteren Gedanken einfach nicht länger hingeben.

Außerdem hatte ich das dringende Bedürfnis, eine Zigarette zu rauchen, wagte aber nicht zu fragen, ob es den Herforths recht sei, zumal die Fenster wegen der jubilierenden Sängerin geschlossen waren. Ich entschuldigte mich mit einem dringenden Telefonat, das ich erwartete, bedankte mich für den einzigartigen Pflaumenkuchen und verabschiedete mich mit dem Versprechen, das Gespräch bei anderer Gelegenheit fortzusetzen.

10.

Von Westen war ein Regengebiet herangezogen und legte über Berlin eine Rast ein. Aus scheinbar unerschöpflichen Vorräten fiel ein dünnfädiger Regen fast geräuschlos aus dem tiefhängenden Himmel. Die Sängerin hatte sich zurückgezogen, so dass ich auch am Nachmittag unbehelligt arbeiten konnte.

Noch einmal folgte ich Peter Hagendorf von Wiesbaden nach Lippstadt, »in Lippstadt gibt es gutes altes Bier und auch böse Leute. Ich habe ihrer 7 verbrennen gesehen.

Von Lippstadt nach Paderborn, von Paderborn nach Niedermarsberg, liegt auf einem hohen Berg. Nach Goslar im Harz und nach Magdeburg. Haben uns verlegt auf Dörfer und die Stadt blockiert, den ganzen Winter stillgelegen auf Dörfern, bis zum Frühjahr im Jahr 1631. Am 20. Mai stürmten Tillys Truppen Magdeburg. Mit stürmender Hand sei er in die Stadt gekommen, aber in der Stadt, am Neustädter Tor bin ich 2 mal durch den Leib geschossen worden, das ist meine Beute gewesen ... einmal bin ich durch den Bauch vorne durchgeschossen worden, zum anderen durch beide Achseln ... Also hat mir der Feldscher beide Hände auf den Rücken gebunden, damit er hat können den Meißel einbringen. So bin ich in meine Hütte gebracht worden, halbtot. Ist mir doch von Herzen leid gewesen, dass die Stadt so schrecklich gebrannt hat, wegen der schönen Stadt und weil es meines Vaterlandes ist«, schrieb Peter Hagendorf.

Ich sagte das leise vor mich hin, wie die Zeile eines Gedichts: »und weil es meines Vaterlandes ist«. Das hatte einer von Tillys Tross geschrieben.

Magdeburg, ich war noch nie in Magdeburg. Meine Eltern sind mit mir nach Dresden, Rostock, Wernigerode, Leipzig und Greifswald gefahren, aber nie nach Magdeburg. Mein Vater hasste Magdeburg. Er hatte dort seine ersten beiden Schuljahre absolviert, weil seine Eltern, also meine Großeltern, nach dem Krieg zu Magdeburger Verwandten gezogen waren, deren Wohnung in der kriegsverwüsteten Stadt als zu groß für drei Personen galt und denen darum die Verwandtschaft sogar willkommen war, weil ihnen sonst eine Fremdeinquartierung gedroht hätte. Mein Vater hatte seine ersten Schuljahre in so schlechter Erinnerung, was aber nicht unbedingt an Magdeburg gelegen haben muss, dass Magdeburg für ihn sein Leben lang ein verachtenswerter Ort geblieben ist. Und zwar, behauptete mein Vater, weil die ehrenwerten Bürger der Stadt fast alle 1631 bei der grausamen Eroberung umgekommen seien und die heutigen Bewohner demzufolge vorwiegend Nachkommen von Tillys Tross. Überlebt hätten die Eroberung vor allem Frauen, die von den Söldnern samt und sonders vergewaltigt worden seien, nicht umsonst sei diese beispiellose Metzelei als »Magdeburger Hochzeit« in die Geschichte eingegangen. Nach Cicelys Darstellung kann es ganz so nicht gewesen sein, denn in der verheerenden Feuersbrunst, deren Ursache nie aufgeklärt wurde, kamen nicht nur die Magdeburger um, sondern auch viele ihrer Eroberer, die plündernd und saufend in den Kellern der Stadt von dem Feuer überrascht und unter den Trümmern begraben wurden.

Warum mein Vater seine peinigenden Erinnerungen an Magdeburg lieber Tilly als Hitler zugeschrieben hat, wusste ich nicht, auch nicht, warum ich darüber bisher nie nachgedacht hatte. Mein Vater war Bauingenieur, Statiker, mit einem ausgeprägten Verständnis für Ursache und Wirkung. Es waren ja nicht die Ruinen des Dreißigjährigen Krieges, in denen er aufgewachsen war, und nicht die Legionäre der katholischen Liga, die seine kindliche Seele verschreckt hatten. Ich nehme nicht an, dass mein siebenjähriger Vater etwas über Tilly und den Dreißigjährigen Krieg gewusst hat. Die Theorie über die Magdeburger muss er sich später erfunden haben, als er erwachsen war und schon lange wieder in Berlin lebte, den Groll der Kinderjahre aber nicht vergessen hatte. Er brauchte einen Grund, der für Magdeburg galt und für Berlin nicht, und das konnte nicht Hitler sein. Jedenfalls hat er Magdeburg zeit seines Lebens jenes Mitleid versagt, das Peter Hagendorf, nachdem er am Untergang der Stadt kräftig mitgewirkt hatte, ihr gezollt hatte, weil es seines Vaterlandes war. Ich konnte mich nicht erinnern, das Wort Vaterland aus dem Mund meines Vaters gehört zu haben, solange Deutschland geteilt war. Erst danach sang er manchmal leise die Nationalhymne mit, wenn sie aus irgendeinem Anlass im Radio oder Fernsehen gespielt wurde: »Blüh' im Glanze dieses Glückes, blühe deutsches Vaterland.« Aber wahrscheinlich war alles viel einfacher, und mein Vater hatte irgendwann die Behauptung über Magdeburg und Tillys

Tross gehört und, weil sie ihm gefallen hat, so die Erinnerung an die kindlichen Demütigungen überhöht. Und ich hätte ohne Peter Hagendorf an seine Aversion gegen Magdeburg vielleicht nie wieder gedacht.

Ich ging auf den Balkon, starrte in den Regenschleier, sog tief die feuchte Luft ein; mir ging dieses »und weil es meines Vaterlandes ist« nicht aus dem Kopf. Vierundzwanzig Jahre war Hagendorf kreuz und quer durch Deutschland gezogen, mal auf dieser, mal auf jener Seite kämpfend, tötend, plündernd, und hatte in Wirklichkeit keinen Feind. Ich fand keinen Hinweis, dass er sich einer Religion oder einem Fürsten besonders verpflichtet gefühlt hätte. Er hasste niemanden, er kämpfte für seinen Sold, seine Beute und um sein Überleben und empfand Mitleid für eine Stadt, die auch er verwüstet hatte. Er war ein Müllersohn, der keine Mühle geerbt hatte.

Darüber würde ich schreiben und dann, möglichst nebenbei, an die Millionen Söhne Afrikas erinnern, die ohne Aussicht auf Erbschaft oder einträgliche Arbeit als Krieger oder Glückssucher in die Welt ziehen würden. Das dachte ich, während ich auf dem Balkon stand und auf den Dächern und in der Birke gegenüber nach Munin suchte. Ich hoffte, der Regen würde sie, wie schon beim ersten Mal, wieder in meine Wohnung treiben. Die Frage, warum Munin sich für Gott hielt, war noch unbeantwortet.

11.

Munin tauchte erst nach zehn Tagen wieder auf. Ich hatte gerade in der Küche zwei Spiegeleier lustlos verspeist und dabei einen Radiokommentar gehört, in dem vor den Gefahren des wieder anschwellenden Nationalismus in Europa, vor allem in Osteuropa, gewarnt wurde und der sich so fade anhörte wie mein Spiegelei schmeckte und wie mir überhaupt selbst zumute war. Ich war müde, fühlte mich einsam, niemand rief mich an. Um eine vertraute Stimme zu hören, sprach ich mit mir selbst. Und dann, als ich wieder ins Zimmer kam, hockte Munin wie gewohnt in ihrer Sesselecke, wo ich sie allerdings erst entdeckte, nachdem sie mit einem provozierenden Krächzen auf sich aufmerksam gemacht hatte. Sie sah ein bisschen zerrupft aus, einzelne Federn schienen verrutscht oder lose zu sein, auch ihre Augen glänzten nicht wie sonst. Ich hatte mir schon vorher überlegt, wie ich sie begrüßen wollte, falls sie wiederkäme, nicht zu überschwänglich, sie musste nicht wissen, wie ich sie vermisst hatte, aber doch erfreut, am besten vertraut, so dass wir da fortfahren könnten, wo wir aufgehört hatten. Also sagte ich »Grüß Gott«, wie ich es mir vorgenommen hatte.

Aha, sagte Munin, du hast also nachgedacht.

Ich hätte zwar nachgedacht, sagte ich, bedürfe aber trotzdem einer genaueren Erklärung, warum sie, Munin, eine gewöhnliche Berliner Nebelkrähe, Gott sei.

Für ein so schwieriges Gespräch sei es zu früh, sagte Munin, sie habe eine anstrengende Woche hinter sich und sei ein bisschen erschöpft, außerdem hungrig. Und überhaupt passten Überlegungen dieser Art besser in die Nacht. Die Nacht öffnet das Tor zum Himmel, sagte sie, und nach einer Pause: Und du solltest vielleicht wieder den einen oder anderen Gin Tonic trinken. Mir schien, das macht dich empfänglicher fürs Metaphysische.

Ich holte die letzten Schinkenscheiben aus dem Kühlschrank und servierte sie Munin auf dem Tisch. Sie pickte die Fleischfetzen hastig auf und sah auch gleich weniger echauffiert aus. Draußen begann es gerade erst zu dämmern, und ich überlegte, wie wir die Stunden bis zur Nacht überbrücken könnten. Auch für den ersten Gin Tonic war es noch zu früh, wenn ich zur gegebenen Zeit nicht nur empfänglich fürs Metaphysische, sondern auch noch bei Verstand sein wollte. Mir fiel ein, was Munin mir über eine Urahne erzählt hatte, die vor hundert oder mehr Jahren in der Nähe einer Irrenanstalt genistet hatte. Offenbar erzählten sich die Krähen wie wir Geschichten über Jahrhunderte weiter, und so wäre es möglich, dass jemand aus Munins großer Verwandtschaft vielleicht sogar etwas über Peter Hagendorf berichtet hatte.

Wer soll das sein, fragte Munin, ein Freund von dir?

Ich erklärte so knapp wie möglich, wie der Söldner Hagendorf in mein Leben geraten war und warum sein Schicksal mich so bewegte. So viel Leid angerichtet, so viel Leid ertragen und klaglos hingenommen, als wäre ein anderes Leben gar nicht erwartbar gewesen.

Ihre Sippe hätte zu dieser Zeit vorwiegend im Westfälischen gelebt, sagte Munin, aber von einzelnen Söldern, die ja zu Tausenden durchs Land zogen, sei nichts überliefert. Allerdings sei eine ihrer Urururtanten von einem Herzog sehr fasziniert, wenn nicht sogar in ihn verliebt gewesen. Sogar das

Gedicht einer berühmten Dichterin sei ihr gewidmet.

Das kenne ich, rief ich. Ich erinnerte mich an das Büchlein, das ich mir eines Nachts zu Beginn meiner Krähenbekanntschaft auf meinen Kindle geladen hatte. Darin hatte die Autorin, deren Krähenforschung als Recherche für einen Roman dienen sollte, sehr begeistert über ein Gedicht von Annette von Droste-Hülshoff geschrieben. Ich lief in mein Schlafzimmer, fand unter dem Bücherstapel neben dem Bett meinen Kindle und rief aus der Küche, wo ich mir hastig doch schon einen Gin Tonic mixte: Ich lese dir ein Gedicht vor, das wird dich freuen.

Munin schien sich tatsächlich zu freuen. Als ich zurückkam, hockte sie nicht mehr im Sessel, sondern stand erwartungsvoll auf dem Tisch, was wegen ihrer Einbeinigkeit seltsam aussah. Sie hätte von dem Gedicht bisher nur gehört, kenne es aber nicht, weil auch keiner ihrer Vorfahren es gekannt habe, sagte sie. Ich setzte mich auf das Sofa, so dass wir uns in die Augen sehen konnten.

Also, in dem Gedicht geht es um die Schlacht bei Stadtlohn 1623. Eine sehr alte Krähe, hier steht: »zweihundert Jahr und mehr / Gehetzt mit allen Hunden, erzählt den jungen Krähen ...«

Munin unterbrach mich: Das ist Unfug, so alt werden wir nicht.

In dem Gedicht eben doch, sagte ich, hör doch erst mal zu. Also, die zweihundertjährige Krähe erzählt den jungen Raben von dieser Schlacht, in der General Tilly als Anführer der katholischen Liga die Truppen des lutherischen Herzogs Christian von Braunschweig-Wolfenbüttel niedermetzelte. Von ihrem Platz auf einem Galgen verfolgte die Krähe das Hauen und Stechen. Ich lese nicht das ganze Gedicht vor, das ist zu lang, nur die wichtigsten Strophen:

Ein Schwerterklirren und ein Feldgeschrei,
Radschlagen sah man Reuter von den Rossen,
Und die Kanone fuhr ihr Hirn zu Brei;
Entlang die Gleise ist das Blut geflossen ...

Und dann spricht die alte Krähe über den kühnen Halberstadt, den »tollen Herzog« Christian, vormals Bischof von Halberstadt. Und das klingt tatsächlich so, als wäre sie in ihn verliebt gewesen:

Kühn war der Halberstadt, das ist gewiß!
Wenn er die Braue zog, die Lippe biß,

Dann standen seine Landsknecht' auf den Füßen
Wie Speere, solche Blicke konnt' er schießen …

Allerdings hielt ihre Schwärmerei sie nicht davon
ab, den Leichenschmaus zu genießen, nachdem ihr
Favorit vernichtend geschlagen war. Hör zu:

Kein Geier schmaust', kein Weihe je so reich!
In achtzehn Schwärmen fuhren wir herunter,
Das gab ein Hacken, Picken, Leich' auf Leich' –
Allein der Halberstadt war nicht darunter:
Nicht kam er heut', noch sonst mir zu Gesicht,
Wer ihn gefressen hat, ich weiß es nicht.

Munin hatte ihre stolze einbeinige Gestalt inzwischen aufgegeben und es sich in ihrer Gluckenhaltung bequem gemacht. Immerhin sei dieser Christian nicht unter den Toten gewesen, sagte sie, und
schließlich hätten nicht die Krähen das Massaker
angerichtet. Außerdem sei es in vielerlei Hinsicht
besser, die Leichen zu verspeisen, als sie verwesen zu
lassen. Und überhaupt könne die ganze Geschichte
nicht stimmen, weil noch nie eine Krähe zweihundert Jahre alt geworden sei.

Das ist Dichtung, sagte ich, davon verstehst du offenbar nichts. Das Gedicht wurde zweihundert Jahre nach dieser Schlacht geschrieben, und die Dichterin nimmt die Gestalt der Krähe an, darum die zweihundert Jahre.

Dann könne sie aber unmöglich etwas über ihre Ururtante gewusst haben, beharrte Munin.

Ich trank den halben Gin Tonic in einem Zug und dachte nach. Wie konnte die Droste etwas über Munins Ururtante gewusst haben, da es diese Tante nach Munins Behauptung wirklich gegeben hatte, aber eben zweihundert Jahre vor der Droste.

Aber sie hat es gewusst, sagte ich, es gibt Geheimnisse. Und Wunder.

Was sind Wunder?

Wunder sind absolut unerklärbare Geschehnisse.

So etwas kennen wir nicht, weil wir keine erklärbaren Geschehnisse kennen. Es ist wie es ist. Wunder sind für Menschen, sagte Munin.

Und woher willst du das alles wissen?

Weil du es weißt. Ich kann hören, was du denkst.

Jetzt lügst du.

Du hörst doch auch, was ich denke.

Ich höre nur, was du sagst.

Und ich befürchte, du verstehst gar nichts, sagte Munin und zog sich zurück in die Sesselecke.

Ich verstand wirklich nichts. Offenbar waren wir im Bereich des Metaphysischen angelangt, für das ich, wie Munin meinte, nur mit einer ausreichenden Menge Alkohol empfänglich sei.

Gut, sagte ich, Wunder sind für Menschen, das verstehe ich. Aber es gibt die Imagination, die Phantasie und ein Wissen, das die Zeit überdauert. Irgendwo im Äther schweben die Klagen und Schreie, das grobe Gelächter, das Weinen und Flehen der längst Gestorbenen, und ein lebender Mensch empfängt sie kraft seiner Imagination und macht sie wieder zu Wirklichkeit, als Fremder, als unbeteiligte Stimme, so wie ein Vogel darüber berichten würde, der dem blutigen Treiben der Menschen von oben zusieht. So, denke ich, ist deine Ururtante in das Gedicht der Droste geraten.

Munin schwieg mit geschlossenen Augen. Ich dachte schon, sie wäre eingeschlafen, als sie plötzlich flatternd unter die Zimmerdecke stieg, ein paarmal unter schrillem Krächzen das Zimmer umkreiste und sich endlich auf dem Geschirrschrank niederließ.

Entschuldige, sagte sie, aber wenn ich mich ein bisschen bewege, kann ich besser denken. Vielleicht ist das alles eine Verwechslung, und nicht meine Urahnin war in diesen Herzog verliebt, sondern die Dichterin. Sie hat ihn sich aus dem Äther gefischt und wieder lebendig gemacht. Du sagst ja, dass Menschen das können. Und dann hat sie sich eine zweihundertjährige Krähe erfunden, damit sie behaupten kann, alles selbst gesehen zu haben. Aber warum ausgerechnet eine Krähe?

Ich weiß es nicht, vielleicht weil ihr so geheimnisvoll seid. Weil ihr diese Augen habt, so dunkel und unergründlich wie der Äther. Vor allem, weil ihr immer und überall über uns hockt wie ewige Zeugen. So wie du jetzt. Würdest du bitte wieder runterkommen, es gefällt mir nicht, wenn du da oben auf dem Schrank sitzt.

Hast du Angst?

Es gefällt mir nicht.

Du willst die Kontrolle behalten.

Ich will nicht, dass du sie hast.

Munin segelte vom Schrank in den Sessel und sah mich an, als wäre ich ihr eine Antwort schuldig. Ich wollte gerade noch einmal auf die Frage nach Munins Göttlichkeit zurückkommen, als ihr selbst das Schweigen zu lang wurde. Ein Problem für die Menschen sei, sagte Munin in einem gespreizten Ton, der wohl ironisch klingen sollte, dass sie Krähen für ihre Intelligenz bewunderten, sich das Phänomen der Krähenintelligenz aber nicht erklären könnten, da sie Vernunft und Verstand ausschließlich für menschliche Privilegien hielten.

Warum redest du denn plötzlich so geschwollen?

Ich habe nur zitiert. So redet ihr doch über uns, sagte Munin, das unterscheidet uns. Wir reden nicht über euch, wir beobachten euch nur und wissen dann auch ohne eure Vernunft, was zu tun ist. In euren Köpfen muss ein entsetzliches Durcheinander herrschen. Das dümmste Tier weiß, dass es nicht mehr Nachkommen haben darf, als es ernähren kann. Ihr wisst das vielleicht auch, aber euer Menschsein hindert euch, die simpelsten Notwendigkeiten einzusehen. Und dann wundert ihr euch, wenn ihr immer wieder im Krieg landet. Ihr werdet nicht mal mit dieser Nervensäge in eurer Straße fertig. Was war an eurer Versammlung vernünftig? Na?

Ich überlegte noch, wie ich Munin den Unterschied zwischen der Vernunft als philosophischer Kategorie und individueller Wahrnehmung erklären könnte, als mich die munteren ersten Akkorde von Schuberts *Forellenquintett*, meinem Telefonsignal, erlösten.

Es war Rosa. Endlich. Sie sei noch in Frankfurt, ob ich sie abholen könne, in Tegel, in zwei Stunden.

Ich muss in meinem Glück über Rosas Rückkehr wohl einen schrillen Freudenschrei ausgestoßen haben, denn Munin sprang erschrocken auf und stürzte mit heftigen Flügelschlägen durch die offene Balkontür. In zwei Stunden, in Tegel, so nah. Es war, als hätte jemand die Tür zu meiner Klause, in der ich seit Wochen hockte, endlich aufgestoßen. Wie heftig ich Rosa vermisst hatte, wusste ich erst in diesem Augenblick, als sie wieder da war. Sie war die Einzige, mit der ich über die Verwirrungen reden wollte, in die meine Lektüren, Munin, die Sängerin und die täglichen Schreckensnachrichten in der Zeitung mich gestürzt hatten, der ich den Irrsinn und auch das Unglaubwürdige zumuten konnte. Sie war die Einzige, die mich nicht für verrückt erklären würde, wenn ich erzählte, dass ich mich mit einer Krähe über Gott und die Welt unterhielt, weil es keinen großen Unterschied ausmachte, ob man mit einem Hund oder einer Krähe sprach. Und Rosa hatte sich stundenlang mit Rosso, davor mit Leila unterhalten und, wie sie behauptete, auch Antworten empfangen.

Rosa und ich kannten uns seit fast zwanzig Jahren.

Als wir uns kennenlernten, waren wir beide verheiratet, wir waren beide erfolgreich in unsere Berufe gestartet, ich war bei einer Berliner Zeitung fest angestellt, und Rosa hatte ihre erste Ausstellung in einer kleinen Galerie im Prenzlauer Berg. Ab und zu trafen wir uns zu viert mit unseren Männern, aber weil Malte, Rosas Mann, auch ein Fotograf, viel auf Reisen war, trafen wir uns immer öfter allein zum Essen oder auf einen Cocktail; Rosa liebte Bars. Meine Ehe näherte sich ihrem Ende schleichend. Ich erfuhr von einer Affäre, die zwar nach einigen Monaten endete, aber danach war es nie wieder wie davor. Vielleicht war es davor ja auch nicht mehr gewesen, wie ich geglaubt hatte. Sonst hätte etwas so Verzeihliches wie eine Affäre nach dreizehn Ehejahren nicht das ganze Gebäude zum Einsturz bringen können. So war es aber. Es ist nicht einmal Zuneigung geblieben. Ich habe auch in den Jahren danach nicht herausgefunden, warum und wie und wann sich die Liebe, und die war es, so in ihr Gegenteil verkehren konnte, als wäre alles von Anfang an nur ein Irrtum gewesen. Eines Morgens gegen halb vier, als wir an Rosas Küchentisch die dritte Flasche Wein leerten, sah Rosa mich an und fragte in einem Ernst, der, kraft Rosas Trunkenheit, einer komischen Dramatik

nicht entbehrte: Mina, willst du wirklich so weiter-
leben und alt werden? Das wollte ich nicht. In den
Wochen darauf suchte ich eine Wohnung und zog
aus.

Dreizehn Monate später stürzte Malte mit einem
Hubschrauber über Kambodscha ab. Wochenlang
lag Rosa wie ein Bündel auf dem Sofa, nur zur
Trauerfeier verließ sie die Wohnung. Zwei Wochen
blieb ich bei ihr, kaufte ein, kochte, besorgte Me-
dikamente. Wir trauerten gemeinsam, wobei nur
Rosa genau wusste, worum sie trauerte. Von Maltes
Lebensversicherung kaufte sie ein kleines Haus mit
Garten in Lichterfelde. Im Frühjahr fragte sie, ob
ich mit ins Tierheim käme, um einen Hund für sie
zu suchen. Leila stand wie verloren mitten im Kä-
fig, den sie mit einem gelben Rüden teilte, der am
Gitter laut um unsere Aufmerksamkeit bellte wie
die meisten Hunde, die in den Käfigen entlang des
Ganges genau zu wissen schienen, was es bedeutete,
wenn fremde Menschen mit suchenden Blicken an
ihnen vorbeizogen. Nur Leila schien an ein mögliches Glück nicht zu glauben. Rosa zahlte zweihun-
dertdreiundvierzig Euro und nahm Leila mit. Seitdem lebte sie mit Hunden.

Wir blieben allein. Rosa wollte Malte nicht vergessen, und ich erinnerte mich zu genau an meine trostlose Ehe. Es lag auch an unserem gemeinsamen, obwohl sehr verschiedenen Unglück, dass wir uns in den folgenden Jahren so nah, so unentbehrlich geworden waren. Das galt jedenfalls für mich, und ich glaubte, dass Rosa ähnlich fühlte.

Obwohl Rosas Flug frühestens in einer halben Stunde landen sollte, parkte ich direkt vor den Ausgängen, wo eigentlich nur das Be- und Entladen erlaubt war. Ich blieb in der Nähe, rauchte und beobachtete das Treiben um mich herum. Vor meinem ziemlich ramponierten Renault stand eine schwarze, glänzende Limousine, in deren Lack sich die Lichter spiegelten. Ein Chauffeur putzte am Seitenspiegel herum und warf dabei hin und wieder einen suchenden Blick auf den Ausgang. Ein junges Paar stand rauchend neben dem Aschenbecher und trank abwechselnd aus einer Bierflasche. Familien, in bunte Shorts und T-Shirts gekleidet, als wären sie direkt auf dem Weg zum Strand und nicht in ein Flugzeug, strebten entschlossen den Eingängen zu. Es war das übliche Sommerbild, nur dass die Menschen von Jahr zu Jahr dicker wurden. Der Chauffeur warf eilig das Putztuch in das Auto, öffnete alle Wagentüren und nahm eine dienstbare Haltung an.

Drei vom Kopf bis zu den Füßen in schwarze seidige Gewänder gehüllte Gestalten huschten nacheinander durch die Tür von Gate zehn. Den Schuhen und ihrer schmiegsamen, leicht gebeugten Körperhaltung nach zu urteilen, mussten es Frauen sein. Sie stiegen schnell und schweigend in das Auto, während der Chauffeur und zwei Flughafenangestellte einen Berg Koffer im Wagen verstauten. Vielleicht die Frauen eines saudischen Attachés, dachte ich, oder sogar eines reichen Konvertiten; seit ich Michel Houellebecqs Roman gelesen hatte, hielt ich alles für möglich. Ich riskierte, in den letzten Minuten noch von den Parkwächtern erwischt zu werden, und stellte mich vor den Ausgang, durch den Rosa kommen musste. Die Anzeigetafel meldete ihr Flugzeug als gelandet. Endlich öffnete sich die Tür, als Erste kamen junge Männer, die aktentaschengroße Köfferchen auf Rädern hinter sich herzogen, dann eine Gruppe bäuerlich bunt gekleideter Menschen, Frauen in langen Röcken, Männer in hängenden, verbeulten Hosen, die vermutlich mit Rosa schon in Bukarest ins Flugzeug gestiegen waren. Und dann kam Rosa, blieb stehen, suchte mich, ich riss beide Arme hoch, schob mich durch die Wartenden vor mir, wollte Rosa umarmen, was sich aber wegen

der Tasche vor Rosas Brust, aus der ein schwarzwei-
ßer Hundekopf lugte, als schwierig erwies. Rosa
sah jünger aus, als ich sie in Erinnerung hatte, das
dunkle, lockige Haar ein bisschen zerzaust, ein wei-
tes Hemd, Jeans. Es schien, als wäre sie noch dünner
geworden. Unterwegs sprachen wir nur in wirren
Sätzen, die alle in der Formel endeten: das erzähle
ich später in Ruhe. Vor der Ruhe war Titan. Titan
musste pinkeln, trinken, fressen, beruhigt und ge-
streichelt werden. Er war so klein, dass Rosa ihn als
Handgepäck hatte transportieren können. Eine Mischung aus Spitz und Terrier vielleicht, sagte Rosa,
vielleicht auch Dackel und Border Collie, man weiß
es nicht. Für Rosa briet ich Spiegeleier, Titan bekam
Würstchen. Wir redeten, bis es hell wurde, über Bukarest, über Eliana, bei der Rosa gewohnt hatte, in
dem einzigen Zimmer, über die Hunde, sechzigtau-
send streunende Hunde, stell dir das vor, die haben
Hunger und nicht immer gute Laune. Und die Menschen, viele schöne Frauen, elegant, vielleicht reich,
und Tausende leben unter der Erde, in Heizungs-
kanälen oder anderen Tunneln, manche werden da
geboren und sterben da auch, alt wird da niemand.
Die Hunde sind die Konkurrenz der Armen, die
fressen ihnen die Abfälle weg, sagte Rosa. Oft sei

ihr Tun ihr absurd vorgekommen, Hunde einfangen, um sie kastrieren zu lassen, und mit anzusehen, wenn sie dann doch getötet werden, weil niemand sie haben will. Brigitte Bardot ist nach Bukarest gekommen und hat den Ministerpräsidenten geküsst, damit er die Hunde rettet, die Hunde, nicht die Menschen.

Aber ich selbst habe schließlich auch einen Hund mitgebracht und kein Kind, sagte Rosa. Ohne Eliana und die anderen Frauen wäre ich nicht länger als drei Tage geblieben. Aber die Mädchen da sind hart. Hunde wählen keine korrupte Regierung, hat Eliana gesagt, Hunde betrügen nicht und bestehlen nicht ihre Nachbarn, sie leben einfach, wie Gott es ihnen eingegeben hat. Die Hunde sind nicht schuld.

Das war der Augenblick, auf den ich gewartet hatte, die Hunde und Gott, Gott und die Tiere, Munin.

Glaubst du, dass Tiere sprechen können, fragte ich.

Auf ihre Art ja, sagte Rosa.

Ich meine, dass sie sprechen können wie Menschen.

Ja, im Märchen oder Pu, der Bär oder der Kater Murr oder der Affe von Kafka.

Nein, im Leben, zum Beispiel mit mir.

Rosa stellte ihr Glas, aus dem sie gerade trinken wollte, wieder auf den Tisch, sah mich an, als sei sie eben aus dem Koma erwacht und müsse nun überlegen, wer ich sei.

Mit dir? Du hast es doch gar nicht so mit Tieren.

Ich erzählte ihr, wie meine Bekanntschaft mit Munin begonnen hatte: der gestohlene Schinken vom Toastbrot, die Regennacht, in der sie in meine Wohnung gekommen war, und wie sie angefangen hatte, mit mir zu sprechen, und obendrein behauptet hatte, sie sei Gott. Und auch, dass ich ihr einen Namen gegeben hatte und wie sie mir fehlte, wenn sie fernblieb, und dass ich bisher mit keinem Menschen darüber gesprochen und nur auf sie, Rosa, gewartet hatte, weil sie die Einzige war, von der ich glaubte, sie könne das verstehen und mir vielleicht sogar erklären.

Rosa stand auf, nahm den zu ihren Füßen schlafenden Titan auf den Arm, setzte sich wieder und vergrub ihr Gesicht in seinem Fell. Ich konnte nicht erkennen, ob sie über mich lachte oder nur nachdachte. Als sie den Kopf wieder hob, sah sie jedenfalls nachdenklich aus und nicht so, als hätte sie gerade noch gelacht.

Also, sagte Rosa, ihr unterhaltet euch?

Ja.

Sie spricht eindeutig zu dir?

Ja.

Wie ist ihre Stimme?

Normal, so ähnlich wie meine, glaube ich.

Das ist merkwürdig, sagte Rosa, zündete sich eine Zigarette an, ohne dabei ihre linke Hand von Titan zu nehmen, der zufrieden wie ein Eroberer auf ihrem Schoß saß.

Sie habe sich auch oft mit Rosso unterhalten und auch seine Antworten verstanden. Sie habe auch übersetzen können, was er anderen Hunden auf der Straße zubellte: Hau ab oder was glotzt du so oder denk bloß nicht, dass ich Angst habe. Allerdings habe sie ihn nie als menschliche Stimme gehört, sie habe ihn eben nur verstanden.

Bist du sicher, dass du eine Menschenstimme gehört hast, fragte Rosa.

Absolut, eine normale menschliche Stimme.

Ich war enttäuscht. Rosa gab sich wenig Mühe, ihren Zweifel, sogar eine gewisse Sorge um meine seelische Verfassung zu verbergen. Andererseits fand ich ja selbst keine glaubhafte Erklärung für Munins Existenz. Wir einigten uns darauf, dass Rosa in einer der nächsten Nächte wiederkommen und sich still im Nebenzimmer aufhalten würde, um sich, von Munin unbemerkt, selbst davon zu überzeugen, ob Munin mit mir sprach oder nicht.

12.

Als ich ein müdes Hallo durch die Gegensprech-
anlage rief, war es schon zu spät. Es meldete sich
Frau Wedemeyer, für die ich, hätte unser Haus über
den Luxus einer Videoanlage verfügt, in jedem
Fall stumm geblieben wäre. Ich hatte in der letzten
Zeit das ganze Straßentheater von mir fernhalten
können. Es war mir auch gelungen, mich gegen
die Attacken der Sängerin mit seelischer Taubheit
zu wappnen. Ich hatte sogar versucht, keine Zeitungen mehr zu lesen und mich überhaupt allen
Nachrichten zu verweigern, die mich zu düsteren
Phantasien über die Zukunft hinreißen könnten,
was aber misslang, weil ich aller Wahrscheinlichkeit
zum Trotz immer noch auf etwas Erlösendes hoffte:
auf einen plötzlichen Frieden im Nahen Osten, auf
ein plötzliches Ende der Völkerwanderung oder ein
unerklärliches Sinken der Geburtenrate in Afrika,
auf ein Wunder eben; oder auf das Gegenteil, den
endgültigen Bruch aller Dämme, ein befreiendes

Chaos, damit endlich klar wäre, wohin die Reise geht. Auf keinen Fall aber wollte ich noch einmal in Frau Wedemeyers lächerlichen Straßenkrieg gezerrt werden.

Obwohl Frau Wedemeyer den Fahrstuhl benutzt hatte, atmete sie schwer. Sie trug wieder die rote Seidenbluse, in der sie immer ein bisschen hysterisch wirkte. Oder sie bevorzugte diese alarmierende Farbe vor allem, wenn sie sich ohnehin schon in einem Zustand schwer beherrschbarer Erregung befand. Von allen Getränken, die ich ihr anbot, entschied sie sich mit einem dankbaren Augenaufschlag, der mir wohl ihre hochgradige Erschöpfung beweisen sollte, für Wasser. Nur ein Glas Wasser, bitte, seufzte sie. Sie entschuldigte sich noch einmal für ihr unangemeldetes Kommen, sie störe mich hoffentlich nicht bei der Arbeit, aber sie habe nicht gewusst, mit wem sie sich sonst beraten könnte.

Wenn ich das geahnt hätte, sagte Frau Wedemeyer, mein Gott, wenn ich das geahnt hätte. Vorhin war die Polizei bei mir. Die Versammlung war ein furchtbarer Fehler.

Nach jedem Satz trank sie in kleinen Schlucken von dem Wasser.

173

Ob es etwa schon wieder zerstochene Reifen gegeben habe, fragte ich.

Eine Anzeige hat es gegeben, sagte Frau Wedemeyer, eine Anzeige wegen Beleidigung und Hetze gegen Minderheiten oder so ähnlich. Die Polizisten waren sehr freundlich, die kennen ja Frau S. und ihren Gesang und mussten deshalb oft genug kommen. Aber jetzt gibt es diese Anzeige, und sie müssen dem nachgehen.

Wer Anzeige erstattet hatte, wusste sie nicht, nur dass es wohl mehrere Personen waren, und sie nahm an, dass es sich um den Mann vom Fernsehen, also den Audi-Mann, und vermutlich um das zugezogene Ehepaar, den Architekten und Loretta, handelte.

Frau Wedemeyer hatte feuchte Augen, auch ihre Stimme klang, als könnte sie nur mühsam das Weinen unterdrücken. Ich bot ihr eine Zigarette an. Sie rauche eigentlich nicht, sagte sie, griff aber zu.

Ja, atmen Sie tief durch, das hilft, sagte ich.

Ich holte den Birnenschnaps aus der Küche, den sie dankbar annahm und das Glas in einem Zug leerte. Als sie sich etwas beruhigt hatte und auch die roten Flecken an ihrem Hals langsam verblassten, verstand ich allmählich, was wirklich passiert war. Es handelte sich nicht um eine Anzeige gegen

Frau Wedemeyer, sondern gegen Unbekannt und um den Verdacht organisierter Kriminalität, den besagte Menschen der Polizei mitgeteilt hatten und dem die Polizei nun nachgehen musste. In einer Nebenstraße war über Nacht ein Firmenwagen von Bosch abgefackelt worden, was mit den Vorgängen in unserer Straße eigentlich nichts zu tun hatte, aber offenbar mit den zerstochenen Reifen und anderen Vorkommnissen wie anonymen Briefen und eingeschlagenen Fensterscheiben in Zusammenhang gebracht wurde, zumindest von den Personen, die die Polizei informiert hatten, und was nun als Verdacht einer organisierten kriminellen Handlung über dem Kopf von Frau Wedemeyer schwebte, die den kollektiven Protest schließlich angezettelt hatte. Das jedenfalls entnahm ich Frau Wedemeyers Erzählung.

Die anonymen Briefe allerdings habe es wirklich gegeben, sagte sie. Was genau in ihnen stand, wisse sie nicht, aber es soll sich nach Aussagen der Polizisten um handfeste Drohungen gehandelt haben, was sie selbst natürlich aufs schärfste verurteile, aufs schärfste, wiederholte sie mit einem zischenden Beiklang in der Stimme, der ihrer Aussage wohl zu höherer Glaubwürdigkeit verhelfen sollte.

Die eingeworfenen Fenster schrieb man den Kindern beider Parteien zu, die sich im Kampf ihrer Eltern offenbar selbständig gemacht hatten, denn die Steine waren sowohl durch die Scheiben der Sängerin als auch die des Taxifahrers geflogen.

Frau Wedemeyer tat mir leid, weil ihr die Angst durch alle Poren kroch. Von der stolzen Vorsitzenden unserer Versammlung war wenig übrig geblieben. Ihre Feigheit war mir peinlich.

Ich versuchte wortreich, sie zu beruhigen, und konnte sie endlich davon überzeugen, dass sie gewiss keine Tatverdächtige, sondern eher eine glaubwürdige Zeugin sei. Wir leben doch in einem Rechtsstaat, sagte ich, und Sie haben nichts Verbotenes getan. Sie haben keine anonymen Briefe geschrieben, keine Autoreifen zerstochen, keine Steine geworfen und kein Auto abgefackelt. Sie haben nur eine Straßenversammlung einberufen und versucht, ein Problem zu lösen. Das ist nicht verboten.

Endlich lächelte sie. Aber glauben Sie mir, sagte sie, wenn ich geahnt hätte, wie das endet, hätte ich es nicht angefangen und lieber diese Singerei klaglos ertragen. Verstehen Sie, was da plötzlich passiert ist?

Vielleicht, sagte ich, ein bisschen, es hat mit der Sache selbst wahrscheinlich gar nichts mehr zu tun.

Aber womit dann? Sie streckte mir ratlos ihre

Hände entgegen, als sollte ich meine Antwort da hineinlegen. Es war doch so friedlich in der Straße, niemand, der nachts die Bässe aufdrehte, kein Ehegeschrei, keine Prügeleien. Und plötzlich gehen sie aufeinander los.

Vielleicht wollten sie das schon lange und haben nur auf eine Gelegenheit gewartet, sagte ich. Vorher haben sie ja noch nie in einem Raum gesessen und sollten gemeinsam ein Problem lösen. Und Wahlen sind schließlich geheim.

Frau Wedemeyer schüttelte den Kopf. Das sind doch alles friedliche Menschen.

Jetzt hätte ich gern Munins Antwort gehört.

Na ja, sagte ich, aber Menschen.

Ich fragte mich, ob sie wirklich so ahnungslos war, wie sie sich gab. Sie arbeitete bei einer Zeitung, in der täglich von den Kriegen und Grausamkeiten berichtet wurde, die schon in unser Land sickerten, in unsere Köpfe, und die in unseren Seelen eine verkümmerte Wehrhaftigkeit weckten, die nun vielleicht aufgeschreckt ihr Ziel suchte. Sie hätte doch nur in sich selbst forschen müssen, was ihre resolute Kampfeslust gegen die Sängerin so befeuert hatte, ob nicht eine ganz andere, unbenannte Wut sie angetrieben hatte.

177

Ob sie denn inzwischen wisse, wer die Reifen zerstochen hat, wollte ich noch wissen.

Man verdächtigt wohl den Taxifahrer, sagte sie, aber ich glaube nicht, dass er es war. Er hält auf Gesetz und Ordnung, wissen Sie, das passt nicht zu ihm. Vielleicht war es überhaupt niemand von uns. Es waren die teuersten Autos in der Straße, da können es auch ganz andere Leute gewesen sein, die auch den Bosch-Wagen abgebrannt haben. Aber bis jetzt verdächtigt man den Taxifahrer, wegen seines wütenden Abgangs und auch wegen der schwarz-rot-goldenen Fahne, die nun immer aus seinem Fenster hängt. Ja, es ist alles sehr verwirrend.

In der Hoffnung, sie würde endlich gehen, behauptete ich, es werde sich bestimmt alles zur Zufriedenheit aufklären, wünschte ihr gute Nerven und versicherte, ihr zu helfen, wenn es nötig sei.

Sie bedankte sich für die Zigarette und den Birnenschnaps, vor allem für mein Verständnis, drückte mit ihren beiden Händen lange meine und verabschiedete sich. Ich sah ihr vom Balkon aus nach, wie sie langsam und schwer die paar Schritte bis zu ihrem Haus ging, die rote Seidenbluse leuchtete im Abendlicht und wirkte irgendwie falsch an ihrer mutlosen Gestalt.

Am nächsten Tag stampfte der Taxifahrer gerade mit energischen Schritten an unserm Haus vorbei, als ich aus der Tür trat, und ich überlegte, ob ich ihn, um mein Interesse oder sogar möglichen Beistand zu bekunden, ansprechen und fragen sollte, wie es um ihn stehe und ob er Schwierigkeiten mit der Polizei habe. Aber er warf mir einen so argwöhnischen, wenn nicht bösartigen Blick zu, dass ich diesen Gedanken schon im Augenblick seines Entstehens wieder verwarf. Wir hatten noch nie miteinander gesprochen, und wahrscheinlich genügte es dem Taxifahrer, dass ich zu den Altbaubewohnern gehörte, um mir zu misstrauen.

Eigentlich gab es in der Kriminalposse, zu der das Theater um die Sängerin inzwischen geraten war, nur einen Sieger, und das war sie selbst, die Sängerin. Dass die Polizeiwagen, die früher fast immer ihretwegen in unsere Straße gekommen waren, nun vor den Häusern ihrer heftigsten Widersacher hielten, konnte ihr nicht entgangen sein. Sie triumphierte, sie jubilierte, als Solistin und im Duett mit René Kollo, Anja Silja oder sonstwem, sie schmückte ihren Balkon mit einer Blumengirlande aus Papier, und eines Tages sah ich sie in einem Butterfly-Kostüm und passender Perücke, die sie wahrscheinlich bei einem Sonderverkauf des Opernfundus erstanden hatte.

Der Widerstand der Anwohner hingegen war unter dem Verdacht, einige von ihnen hätten sich bandenmäßig organisiert, weitgehend erlahmt. Sogar die Kinder versammelten sich nicht mehr unter ihrem Balkon, sondern äfften höchstens im Vorbeigehen ihre Töne nach oder riefen lachend Schimpfworte, die unter ihnen gerade üblich waren, behindert, Opfer oder fick dich. Die Erwachsenen beschränkten sich darauf, ihre Fenster und Türen lautstark zu schließen oder aus Protest ihre eigene Musik aus dem Radio durch die Straße schallen zu lassen, was eine unerträgliche Kakophonie erzeugte, so dass man sich wünschte, sie würden der Sängerin ihre Hoheitsrechte wieder überlassen.

13.

Mit meiner Arbeit kam ich gut voran. Die Droste hatte mich mit ihrer Faszination, die für sie von dem Herzog Christian von Braunschweig-Wolfenbüttel offenbar ausgegangen war, angesteckt. Außer dem Gedicht, in dem die Krähe von dem »tollen Herzog« erzählt, hatte sie ein großes Poem über die *Schlacht im Loener Bruch 1623* geschrieben, in der Christians Heer fast vollständig aufgerieben wurde und er selbst sich nur mit Mühe in die Niederlande retten konnte. Das entnahm ich dem Büchlein der Autorin, deren Krähenrecherche für ihren Roman ich die Spur zur Droste-Hülshoff und ihrer Vorliebe für den Herzog Christian überhaupt verdankte.

Ich fand das Schlachtenepos der Droste im Internet und wollte darin eigentlich nur ihrem besonderen Interesse für den jungen Herzog nachspüren und darüber hinaus einen schnellen Eindruck vom Ganzen gewinnen, aber dann war ich so gefesselt von der Leidenschaft, Schönheit und Wucht der Verse, dass ich mich vom Bildschirm erst lösen konnte, nachdem ich die letzte Zeile gelesen hatte. Im Nebel und in den Wolken über ihrer westfälischen Heimat lässt die Droste die Helden und Bilder jener Schlacht auferstehen; so kühl, klar und empfindungsreich, so unerschrocken beschreibt sie den erbarmungslosen Kampf zwischen Tilly und Christian, sucht sie die Menschen in den Kriegern, dass ich mich fragte, warum ich von diesem bestaunenswerten Werk, vor hundertachtzig Jahren von einer Frau geschrieben, noch nie gehört und vielleicht nie davon erfahren hätte, wäre ich nicht zufällig einer einfüßigen Krähe begegnet.

Der junge Christian wurde schon mit siebzehn Jahren ganz entgegen seiner Natur und seinen Talenten zum Bischof ernannt, weil dem Hause Braunschweig-Wolfenbüttel dieser Titel zustand. Er floh aus dem Amt in den Krieg und in die Liebe zu Elisabeth aus dem Hause Stuart, Gattin des Pfalzgrafen Friedrich V., den Schlachtruf »tout pour Dieu et tout pour Elle«, alles für Gott und alles für Sie, auf den Lippen. Er war ein wilder, grausamer und doch eher glückloser Krieger. Als er am Unterarm verwundet wurde, musste der, unter Trommelwirbel, wie berichtet wird, amputiert werden. Er ließ sich

eine eiserne Hand schmieden und drohte seinen
Feinden, er könne sie auch mit einer Hand schla-
gen. Er starb mit sechsundzwanzig Jahren an hohem
Fieber, vielleicht infolge einer Verwundung.

Er war ein Herzog, ein Kriegsherr, er stand in
der Hierarchie so weit oben wie der Söldner Peter
Hagendorf unten, und beide einte das Schicksal ihres verfehlten Lebens. Hagendorf, der Müllersohn,
der keine Mühle geerbt hatte und darum Söldner
wurde, und Christian, der Herzog, der vor dem auf-
gezwungenen Bischofsamt in die Schlacht floh. Das
war die Geschichte, die ich erzählen wollte. Aber was
hat die Freiin von Droste-Hülshoff zu diesem »tollen Herzog« hingezogen, den sie rühmte für seine
Kühnheit und Leidenschaft und abgestoßen war von
seiner Grausamkeit und um dessen vergeudetes Leben sie trauerte:

> Wohl ist er toll, wohl ist er schlimm,
> Ein Tigerthier in seinem Grimm;
> Und doch so mancher edle Keim
> War einst in dieser Brust daheim …
>
> Es war ein stolzer, frischer Stamm,
> Der siechte in des Hofes Schlamm;

Denn damals wie man heute that,
Und zog nicht die Natur zu Rath:
Man heischte von der Ceder Wein …

So konnt' es wohl nicht anders seyn,
Die edlen Säfte mußten gähren,
Zum Mark die Thräne siedend kehren,
Und Keinem trauend, Keinem hold,
Der junge Prinz des Herzens Gold
Zu schnöden Schlacken ließ verglimmen …

Und Keiner sah sein blitzend Aug',
Und sah, wie krampfhaft seine Hand
Des Hirtenamts Symbol umspannt'.

Es vibrierte in diesen Zeilen so viel Verständnis und
Mitgefühl für den Betrug am eigenen Leben, für die
Bitternis und in kalte Wut sich wandelnden Groll,
dass ich vermutete, die Droste müsste selbst genau
gekannt haben, worüber sie schrieb. Auch ihre Natur hatte man nicht zu Rate gezogen, als ihr Lebens-
weg vorgezeichnet wurde. Selbst kränklich und ex-
trem kurzsichtig, blieb sie ihr Leben lang gefesselt in
den familiären Bindungen, pflegte ihre Mutter, ihre
Amme und starb mit einundfünfzig Jahren. Die Fas-

zination für Christian, so glaubte ich, muss im Wiedererkennen der eigenen Leidenschaft, Kühnheit und des eigenen Schmerzes gelegen haben. Christian, der Mann, der Krieger, als Alter Ego der Dichterin? Der Gedanke ließ mich nicht los. Ich suchte in den Gedichten der Droste nach einer Bestätigung und fand sie. *Am Turme* heißt das Gedicht, in dem die Droste inbrünstig ein anderes Leben einklagt, eins, das ihrem unabhängigen Geist und widerständigen Wesen entsprach, ein Leben, das einer Frau nicht zustand. Die letzte Strophe:

> Wär' ich ein Jäger auf freier Flur,
> Ein Stück nur von einem Soldaten,
> Wär' ich ein Mann doch mindestens nur,
> So würde der Himmel mir raten;
> Nun muß ich sitzen so fein und klar,
> Gleich einem artigen Kinde,
> Und darf nur heimlich lösen mein Haar,
> Und lassen es flattern im Winde!

Christian floh in die Schlacht; das Schlachtfeld der Droste wurde die Dichtung. Bislang hatte sich in meinem Kopf mit dem Namen Annette von Droste-Hülshoff *Die Judenbuche*, Naturlyrik, Westfalen, Katholizismus und das Bild einer Frau mit einem herben Gesicht und der dazu nicht passenden biedermeierlichen Frisur verbunden, das sich nun, je mehr ich über sie und von ihr las, auflöste unter dem Eindruck ihrer Kraft und Furchtlosigkeit. Sobald ich den Dreißigjährigen Krieg hinter mir gelassen hätte, wollte ich mich unbedingt der Droste widmen, vielleicht sogar etwas über sie schreiben. Jetzt aber, obwohl es mir schwerfiel, musste ich mich damit begnügen, dass ich für mich geklärt hatte, was es mit der Droste und Christian auf sich hatte, und mich wieder meinem Aufsatz zuwenden.

Peter Hagendorf, der sein Söldnerlos und den Tod seiner acht Kinder ergeben hingenommen hatte, und Christian, der sich gegen sein Schicksal auf dem Bischofsthron aufgelehnt hatte, beide kämpften in einem Krieg, der als Religionskrieg in die Geschichte eingegangen war. Aber in Hagendorfs Tagebuch fand ich Gott nur, wenn er die fröhliche Auferstehung eines seiner toten Kinder erbat, bei Christian in seinem Schlachtruf »tout pour Dieu et tout pour Elle« und noch einmal bei der Droste:

Und »Gottes Freund, der Pfaffen Feind!«
Von Herzen war der Spruch gemeint.
Auf seinen Münzen liest man dies.
Ja, seine Brust war ein Verließ,
Drin tief wie ein Gefangener lag
Der Groll um längst vergangnen Tag.

Ich nahm nicht an, dass meine beiden Protagonisten, Peter Hagendorf und der Herzog Christian, für eine der beiden Religionen gekämpft haben, um die dieser Krieg geführt wurde. Und wie überhaupt sollte für Söldner, die mal von diesem oder jenem Kriegsherrn rekrutiert wurden und deren Konfession von der ihres Landesherrn abhing, die Glaubensrichtung eine Herzensangelegenheit sein, für die sie ihr Leben hergeben wollten.

Ich suchte in meinen Notizen Cicelys Sätze über den Westfälischen Frieden, die ich vor einigen Wochen an dem Nachmittag in der »Kaskade« aufgeschrieben und von denen ich gedacht hatte, Cicely hätte das innerste Wesen des Krieges durchschaut.

»Er grenzt angeblich die Zeit der Religionskriege gegen die der bloßen Nationalkriege ab«, schrieb sie, »die ideologischen von den bloßen Angriffskriegen. Aber die Abgrenzung ist genauso erkünstelt, wie es solche willkürlichen Scheidungen gewöhnlich sind. Aggressivität, dynastischer Ehrgeiz und Fanatismus sind alle gleichermaßen im nebelhaften Hintergrund der Wirklichkeit des Krieges vorhanden, und der letzte der Religionskriege ging unmerklich in die pseudonationalen Kriege der Zukunft über.«

Da wollte ich hin, das war der Gedanke, den ich brauchte, der mich bewegte, nicht erst, seit ich das Wort Vorkriegszeit in der Zeitung gelesen hatte, sondern seit sich die Religion wieder in unser alltägliches Leben zuerst geschlichen und dann darin breitgemacht hatte, seit in ihrem Namen wieder Krieg geführt wurde, nicht nur auf ihren angestammten Territorien im Irak oder in Syrien, sondern bei uns, auf unseren Straßen und Plätzen, seit uns unverhohlen unsere Eroberung angekündigt wurde, mit Waffen und Geburtenraten. Vielleicht standen wir ja wieder an einer Grenze, an der diesmal die nationalen Kriege endeten und die religiösen, ideologischen begannen, auch wenn Cicely solche Abgrenzungen für erkünstelt hielt, nur für eine Verkleidung von Aggressivität, dynastischem Ehrgeiz und Fanatismus im nebelhaften Hintergrund des Krieges.

Diese Frage würde ich, natürlich mit der gebotenen Vorsicht bei der Wortwahl, am Ende meines Aufsatzes stellen. Ist es wirklich so, wie Munin behauptet hat, dass wir aus unserem Versagen immer das Falsche lernen?

14.

Die Ferien begannen in diesem Sommer spät. Mir fiel es nur auf, weil an einem Freitag plötzlich die Hälfte der Autos und der Kinder aus unserer Straße verschwunden waren. Eine Hitzewelle nahm schon einige Tage der Stadt den Atem, und sogar die Sängerin hielt die Balkontür und Vorhänge geschlossen. Rosa wollte unbedingt an einen See fahren, wegen der Hitze und um herauszufinden, ob Titan das Wasser so liebte wie Rosso oder so wasserscheu war wie Leila. In Bukarest habe sie keine Gelegenheit gefunden, das zu testen. Meinen Aufsatz musste ich erst in zwei Wochen abgeben, hatte also genügend Zeit für die letzten Seiten und Korrekturen. Rosa holte mich schon um halb neun ab, wir fuhren fast eine Stunde nordwärts. Unterwegs wollte sie mir rumänische Zigeunermusik vorspielen, was daran scheiterte, dass Titan schon nach ein paar Takten ängstlich winselte, vom hinteren Sitz nach vorn sprang und sich im Fußraum zwischen Gaspedal und Bremse verkriechen wollte, was ich im letzten Augenblick verhindern konnte.

Damit hat er wohl schlechte Erfahrungen gemacht, sagte ich.

Dann leg eben Mozart ein, sagte Rosa, das verträgt er.

Wir liefen um den halben See, ehe wir einen schattigen Platz fanden, der noch nicht belegt war. Titan tapste vorsichtig durchs Wasser, Rosa lockte ihn, schwamm ein paar Stöße ins Tiefe, Titan jaulte, lief ratlos hin und her, bis er sich endlich mit dem Mut der Verzweiflung in das Wagnis stürzte und Rosa hinterherpaddelte. Rosa war glücklich.

Wir tranken den Crémant, solange er kalt war, Rosa erzählte von den Hunden, die zusammen mit den Menschen in den Kanälen lebten, von den Resten der schönen Bukarester Altstadt, die Ceauşescus Wahn nicht zum Opfer gefallen waren, von jungen Künstlern, die sich in einer der verfallenden Villen eingerichtet hatten und Gäste aus aller Welt zu sich einladen wollten. Eine chaotische Stadt, sagte Rosa, brutal, aber auch schön. Sie habe sich manchmal gefragt, ob man in einem Leben, das man sich täglich erobern müsse, am Ende nicht glücklicher werden könne.

Glücklicher als wo?

Als da, wo alles so klar ist, wo alles entweder erlaubt oder verboten ist, ich meine, wo man am Ende nichts mehr für seinen eigenen Erfolg halten kann, weil du ihn entweder jemandem zu verdanken hast oder jemand hat ihn verhindert.

Welcher Jemand?

Was weiß ich, sagte Rosa, der Staat, die Demokratie, die EU, dieses ganze geregelte Ordnungswerk eben.

Und die im Kanal?, fragte ich.

Ja, die im Kanal. Das ist furchtbar. Und die anderen sind oft mitleidlos, eben weil sie ihr Leben für ihren eigenen Erfolg halten, verstehst du. Trotzdem. Wenn alles so fertig und in Ordnung ist, entsteht vielleicht eine Lust, es wieder kaputtzumachen. Wie bei Kindern. Die schmeißen einen fertigen Turm auch wieder um. Warum?

Wir schwammen bis zur Mitte des Sees, Titan zwischen uns. Ich teilte das weiche Wasser mit den flachen Händen, streckte mich, drehte mich auf den Rücken, schloss die Augen vor der gleißenden Sonne und fühlte mich, befreit vom eigenen Gewicht, ganz eins mit den Elementen, die mich umgaben, nur Luft und Wasser, jeder Erdenschwere enthoben; es war einer jener Augenblicke, die man anhalten möchte, aus denen man nicht auftauchen will, in denen ein unmöglicher, geheimnisvoller Sinn des Daseins zu ruhen schien.

Erschöpft von der ungewohnten Anstrengung lag ich auf dem Badetuch und ließ mich von der Sonne trocknen. Auch Titan rollte sich ermattet neben Rosa zusammen, die den letzten Crémant gerecht auf unsere Gläser verteilte.

Es war mein glücklichster Tag in diesem Sommer.

Was hättest du eigentlich anders gemacht, wenn du nicht in einer geregelten Welt, sondern in deinem schönen Chaos aufgewachsen wärst?, fragte ich.

Rosa lachte. Tja, das habe ich mich auch schon gefragt. Aber mir sind nur alberne Sachen eingefallen. Ein eigenes Modelabel und alles selbst fotografieren. Oder eine Agentur für sehr spezielle Stadtführungen mit angeschlossener Pension, wo nach dem Kochbuch der Königin Luise gekocht wird. Oder eine Fotoschule für Kinder.

Vielleicht wärst du ja auf dem Strich gelandet.

Nein.

Weißt du doch nicht, im Chaos kann alles passieren.

Dann hätte ich mich lieber erschossen. Und du?

Keine Ahnung, vielleicht hätte ich eine Zeitung gegründet. Vorher hätte ich allerdings einen reichen Mann heiraten müssen.

Das wäre ja kein Chaos mehr, sagte Rosa.

Eigentlich fiel uns nichts ein, was wir nicht auch in unserem wirklichen Leben hätten versuchen können, wenn wir es unbedingt gewollt hätten.

Rosa sagte, das sei es eben, im Chaos fiele einem etwas ganz anderes ein, dann wäre auch unser Gehirn nicht so domestiziert. Nur das Provisorische fördere die Phantasie, das Fertige verlange nur Bewunderung. Darum würden Kinder auch die fertigen Türme umstürzen. Sie jedenfalls, sagte Rosa, habe Sehnsucht nach einem Chaos.

Es wäre sowieso zu spät für uns, sagte ich, als Kind wollte ich Tänzerin werden. Oder man müsste verrückt sein wie die Sängerin in meiner Straße. Chaos im Kopf, damit hebelst du jede Ordnung aus.

Eigentlich glaubte ich, dass wir schon mitten im Chaos lebten, es uns nur noch nicht so nahe gekommen war, dass es uns schon am Morgen ins Gesicht sprang. Aber der Tag war zu schön, als dass ich ihn schon wieder unter trüben Prophezeiungen begraben wollte.

Ja, ein bisschen Chaos wäre wahrscheinlich gut, sagte ich.

Beim Rückweg zum Parkplatz sollte Titan lernen, sitzen zu bleiben, während wir weitergingen, und uns erst zu folgen, wenn er gerufen wurde, aber mehr als fünf Meter Abstand überforderten seine ängstliche Hundeseele, und er sprang uns hinterher und hoch an Rosas Waden, als ginge es ums Überleben, so dass sie die Erziehungsversuche schnell wieder aufgab. Unterwegs kehrten wir ein in ein Gartenrestaurant mit Seeblick und aßen Schnitzel mit Kartoffelsalat. Hin und wieder schob sich eine Wolke vor die sinkende Sonne und ließ den See schimmern wie schweres Blei. Rosa fotografierte den See, Titan, mich. Was für ein Tag, sagte ich. Ja, was für ein schöner Tag, sagte auch Rosa, und wir beschlossen, ihn bei mir fortzusetzen, um Rosa davon zu überzeugen, dass Munin wirklich sprach. Ich war zwar nicht sicher, dass sie kommen würde, weil sie sich in den letzten Tagen nur hin und wieder hatte blicken lassen und dann auch nicht sonderlich gesprächig war, was natürlich auch daran gelegen haben konnte, dass ich zu vertieft in meine Droste-Forschung war und Munin sich missachtet fühlte.

Ich stellte für Rosa einen bequemen Stuhl in die Küche und versorgte sie mit Rotwein, Zigaretten, dem letzten Stück Pecorino, Salzmandeln und einer Schüssel Wasser für Titan, der sich völlig erschöpft auf Rosas Schoß gebettet hatte, nahm selbst bei geöffneter Balkontür meinen gewohnten Platz auf dem Sofa ein und wartete auf Munin. Vergebens. Nach zwanzig Minuten brachte ich Rosa meinen Kindle, damit sie *Die Schlacht im Loener Bruch* lesen könnte, und legte für Munin eine Einladung in Form einer Wurstspur vom Balkon in das Zimmer. Nach weiteren zehn Minuten war ich fast gewillt, unser Experiment abzubrechen, als Munin, ein Wurststück im Schnabel, über die Schwelle hüpfte. Erst als sie die ganze Beute eingesammelt hatte, bedachte sie mich mit ihrer Aufmerksamkeit und einem herablassenden Hallo.

Hallo, sagte ich auch, was ist los?

Du warst den ganzen Tag unterwegs.

Ich war am See.

Ich weiß, mit deiner Freundin und einem Hund.

Beobachtest du mich?

Das weißt du doch. Wir sehen alles.

Ach ja, sagte ich, du bist ja Gott, und Gott sieht alles, das hätte ich fast vergessen.

Du hast es nicht vergessen, aber du glaubst es nicht.

Ich verstehe es nicht. Gott ist unsterblich. Bist du unsterblich?

Munin schloss die Augen, als müsste sie nachdenken, hüpfte nach einer Weile auf die Sessellehne, sah mich aber nicht an. Das sei eine schwierige Frage, sagte sie, aber tatsächlich sei sie auf eine gewisse Weise unsterblich, auf eine andere hingegen nicht. Schließlich fehle ihr ein Fuß, der auch nicht nachgewachsen sei. Und wer verletzbar sei, der sei auch sterblich. Andererseits lebe in ihr und auch in ihren Nachkommen das Wissen aller Krähen seit Anbeginn. Das sei ihre Unsterblichkeit, und darum sei sie Gott.

Also gut, aber wenn alle Krähen das Leben von Anbeginn kennen, dann sind auch alle Krähen Gott, sagte ich.

Munin lachte. Was dachtest du denn? Ich bin doch nicht größenwahnsinnig. Nicht nur die Krähen, alle, die so leben wie wir, alle, die dem Gesetz folgen, sind Gott.

Und der Mensch? Was ist mit uns? Wir kennen unsere Geschichte seit Anbeginn auch.

Kennt ihr nicht, rief Munin triumphierend. Ihr

müsst eure Geschichte aus der Erde graben und Bücher lesen, die ihr selbst geschrieben habt, um etwas über euch zu wissen. Wir haben es in uns, wenn wir geboren werden. Ihr wollt selbst Gott sein, das ist etwas anderes. Darum hat man euch auch aus dem Paradies gejagt.

Das Paradies ist nichts als eine Sehnsucht, sagte ich.

Oder eine Erinnerung, sagte Munin, an die Zeit, als ihr noch dazugehört habt.

Und wie ist es denn so im Paradies, du Paradiesvogel?

Einfach, ganz einfach, sagte Munin. Alles, was du tust, ist richtig, weil es das Falsche nicht gibt.

Es war nicht so, dass ich mir Munins Gedanken nicht selbst schon gemacht hätte. Meistens endeten sie bei der Vorstellung, dass wir Teil eines Experiments waren, Versuchsobjekte in den Händen eines Wesens, für das wir so klein waren wie Hefebakterien oder noch Kleineres für uns, das uns mit einer im Tierreich einzigartigen Fähigkeit ausgestattet hatte, nur um zu sehen, was dann passiert. Die Erde nichts als ein Labor und Gott ein besessener Forscher. Allerdings wäre das auch ein Gottesbild, nur ein anderes als in der Bibel.

Es tut mir leid, aber ich habe ein gestörtes Verhältnis zu Gott, sagte ich.

In Munins blanken Augen glaubte ich Verständnis oder sogar Mitleid zu erkennen.

Das ist kein Wunder, sagte sie, die Menschen haben überhaupt ein gestörtes Verhältnis zu ihrem Gott. Erst schickt ihr ihn in den Himmel und macht ihn unsichtbar, erfindet ihn dann in allerlei Büchern und malt Bilder, wie er von oben runterguckt und neben ihm Engel auf den Wolken sitzen. Keiner kann es überprüfen, weil er ja hoch oben im Himmel wohnt. Und dann zerlöchert ihr den Himmel mit Raketen und Satelliten, so dass Gott und seine Engel gar keinen Platz mehr darin haben und niemand mehr weiß, was er sich vorstellen soll, wenn er an Gott denkt. Der Gott im Himmel war eure Erfindung, und jetzt ist er euch auf den Kopf gefallen. Inzwischen sucht ihr ihn schon im Spiegel und findet ihn da natürlich auch nicht.

Die Menschen, die Menschen, unterbrach ich Munins Redeschwall, du redest von uns, als wären wir einander so ähnlich wie Krähen. Es gibt genug Menschen, die an einen Gott glauben. Es gibt Tausende,

vielleicht sogar Millionen, die für ihn töten oder töten würden. Was sagst du über die?

So wart ihr auch. Was soll ich sagen? Irgendwann
werden sie vielleicht sein wie ihr. Bis dahin werden
sie uns gut ernähren mit den Leichen, die sie hinterlassen. Ihr wiederholt euch. Wir sehen euch nur zu.

Na gut, sagte ich, so kommen wir nicht weiter.
Noch mal von vorn: Wenn du Gott bist, wenn alle
Krähen und alle, die nach dem Gesetz leben, Gott
sind, wer hat dann das Gesetz gemacht?

Munin schüttelte ungeduldig ihr Gefieder. Das ist
vollkommen gleichgültig. Es gibt ein Gesetz. Das ist
uns eingeschrieben, egal wer es gemacht hat.

Und du willst das auch gar nicht wissen?, fragte
ich.

Wozu?

So! Jetzt war es an mir zu triumphieren. Munins
tierischer Hochmut reizte mich, auch weil ich nicht
wusste, wie ich sie endgültig widerlegen könnte.
Denn Munins unausgesprochene Behauptung, uns
und allen anderen Lebewesen auf der Erde wäre es
besser ergangen, hätte uns ein evolutionärer Zufall
vor ein paar Millionen Jahren nicht auf zwei Beine
gestellt, war so wenig zu beweisen wie zu widerlegen.

Uns ist eben ein anderes Gesetz eingeschrieben,

erklärte ich mit einer Gewissheit in der Stimme, die sogar mir in den Ohren nachhallte. Wir sind gezwungen, das wissen zu wollen. Verstehst du? Wir können nicht einfach fragen: wozu. Das ist der Unterschied zwischen dir und mir, zwischen Mensch und Tier.

Kann schon sein, sagte Munin, dann seid ihr bedauernswerte Geschöpfe, die im Größenwahn enden werden. Ihr wollt Gott sein, ihr allein. Das kann nicht gutgehen. Als ihr aus dem Paradies geflogen seid, sollte es doch eine Strafe sein. Vielleicht sollt ihr ja nur lernen, dass ihr es allein nicht schafft, weil ihr den Überblick verliert und darum nicht maßhalten könnt, weil ihr immer zu viel oder zu wenig tut. Und vielleicht dürft ihr ja zurück, wenn ihr das verstanden habt.

Munin, sagte ich, ich glaube weder an Gott noch an das Paradies. Es ist schon spät, können wir morgen weiterreden? Ich erwarte noch Besuch.

Meinst du deine Freundin, die schon die ganze Zeit in der Küche sitzt?

Munin krächzte höhnisch, sprang aus dem Sessel, pickte auf dem Balkon ein letztes Wurststück auf und segelte davon.

Ich saß noch eine Weile mit geschlossenen Augen, und von irgendwo dämmerte das Bild des Spatzen in mir auf, den ich vor mehr als vierzig Jahren auf unserem Balkon hatte retten wollen und den seine Artgenossen totgehackt hatten, weil ich ihn in meinen Menschenhänden gehalten hatte. Die blutigen Wunden zwischen den Federn, der kleine kalte Vogelkörper in meiner Hand. Und vielleicht waren es gar nicht die anderen Spatzen, die ihn massakriert hatten, sondern Krähen, eine Krähe wie Munin. Das Paradies, das Paradies, was für ein Paradies?

Ich ging in die Küche, ließ mich auf einen Stuhl fallen, trank einen Schluck Wein aus Rosas Glas. Na und?, fragte ich.

Was na und?

Aber du hast doch gehört, was sie gesagt hat: dass wir Gott sein wollen und darum aus dem Paradies gejagt wurden, und dass wir größenwahnsinnige Geschöpfe sind, denen ihr ausgedachter Gott auf den Kopf gefallen ist.

Das hat sie gesagt? Rosa sah mich an, lachte, sagte: Da hat sie doch recht. Aber gehört habe ich sie nicht, nur dich. Das war komisch, weil du ziemlich aufgeregt klangst. Ich wusste nicht, warum.

Mich hast du gehört?

Ja.

Munin nicht?

Nein.

Ich glaubte ihr nicht, fragte noch zweimal, aber Rosa blieb dabei: Sie hat Munin nicht gehört. Mir war schwindlig, die Küche wankte, ich versuchte zu trinken, konnte aber nicht schlucken und spuckte den Wein ins Spülbecken. Ich war also verrückt. Wenn Rosa nicht log – aber warum sollte sie lügen –, dann war ich verrückt, wie die Sängerin. Ich hörte eine Krähe sprechen, und Rosa hörte sie nicht. Ich unterhielt mich seit Wochen mit einer Krähe, die gar nicht sprach. Aber ich hörte sie. Am Anfang hatte ich es selbst nicht glauben wollen, und mit der Zeit hielt ich es für vollkommen normal, mich mit einer Krähe zu unterhalten. In meinem Kopf spukte es. Ich war verrückt, schizophren, ich hörte Stimmen. Der Krieg, die Sängerin, Peter Hagendorf, die Zeitungen, Frau Wedemeyer, dieser Christian – das alles hatte mich verrückt gemacht.

O Gott, Rosa, stöhnte ich und weinte vor mich hin. Rosa nahm Wein und Zigaretten, holte ein zweites Glas aus dem Schrank und nahm mich bei der Hand. Komm, wir gehen ins Zimmer. Titan, so rüde aus dem Schlaf gerissen, lief winselnd hinter uns her. Rosa setzte sich neben mich auf das Sofa, legte den Arm um meine Schulter. Und jetzt hör auf

203

zu heulen. Ich habe nicht gesagt, dass deine Krähe nicht spricht, ich habe nur gesagt, dass ich sie nicht höre. Das ist nicht dasselbe.

Aber was bedeutet das?

Nichts weiter. Nur dass du sie verstehst. Du kannst sie hören, egal ob sie spricht oder nicht. Das ist doch wunderbar.

Aber nicht normal.

Warst du sonst irgendwie verrückt? Hast du viel vergessen oder Leute grundlos beschimpft oder Blödsinn erzählt?

Das hatte ich alles nicht. Ich hatte immerhin einen Aufsatz geschrieben. Und ich hatte Frau Wedemeyer getröstet, Friedrich getroffen und mit dem Ehepaar Herforth Kaffee getrunken, ohne irgendeinen Verdacht zu erregen.

Sonst war ich wohl normal, sagte ich.

Dann warst du auch normal, als du mit der Krähe gesprochen hast. Hast du mal zugehört, wenn Kinder sich mit Tieren unterhalten? Da hören wir auch nur das Kind. Das Kind muss aber auch die Antworten hören, sonst könnte es sich schließlich nicht unterhalten. Sei froh, sagte Rosa, mit einer Krähe sprechen ist schön.

15.

Munin ließ sich einige Tage nicht blicken, als hätte
sie geahnt, dass ich den Schock, in den unser Experiment mich versetzt hatte, erst verwinden musste.
Allerdings fand ich mich mit der Erkenntnis, dass
Munin nicht wirklich sprach und ich sie trotzdem
hörte, schneller ab, als ich im ersten Augenblick
für möglich gehalten hatte. Das verdankte ich nur
Rosa, in deren Weltverständnis die Tiere schon immer eine andere Rolle gespielt hatten als in meinem
und für die eine Verständigung mit Tieren, wie immer sie zustande kam, nicht absonderlich oder gar
verdächtig war wie für mich. Rosa sagte, ich hätte
mir nun eine Welt erschlossen, die für mich bisher
nicht zugänglich gewesen sei, und statt an meinem
Verstand zu zweifeln, sollte ich diese neue Fähigkeit
vertiefen und verfeinern. Und dann, flüsternd, als
wolle sie mir ein Geheimnis anvertrauen, sagte sie:
Es ist das Tier in dir, das sie versteht. Ich beschloss,
die Angelegenheit zu nehmen, wie sie nun einmal

war. Trotzdem war ich froh, dass Munin mir ein paar Tage Zeit ließ, um mich auf unsere nächste Begegnung einzustimmen. Ich nahm mir vor, auf keinen Fall als Erste das Wort an sie zu richten, sondern ruhig abzuwarten, wie sich die Situation ganz ohne mein Zutun gestalten würde.

Mein Aufsatz war fast fertig, ich suchte nur noch bei der Droste nach einem passenden Zitat, nach einem Gruß der großen westfälischen Dichterin an die westfälische Kleinstadt, einem heimatbezogenen Schlussakkord, mit dem ich meine eher düstere Abhandlung versöhnlich beenden könnte. Das erforderte nicht meine ungestörte Konzentration, so dass ich wieder am Tag arbeitete, auch wenn das übermütige Gekreisch der Sängerin an meinen Nerven zerrte. Nach dem Aufruhr der letzten Wochen waren die meisten Bewohner der Straße froh, dass nun wenigstens die Ausgangslage wiederhergestellt war. Die Polizei hatte ihre Ermittlungen ohne Ergebnis eingestellt, die neuen Feindseligkeiten blieben zwar bestehen, aber niemand zerstach noch Reifen, auch von verbalen Attacken hörte ich nichts mehr. Nur aus dem Fenster des Taxifahrers hing nach wie vor die schwarz-rot-goldene Fahne. Und als ich Frau Herforth eines Morgens an den Briefkästen traf, raunte sie mir zu: Es ist bitter, wenn man so gar nichts tun kann. Es schien, als hätten sich alle damit abgefunden, dass wir diesen täglichen Angriff auf unsere Nerven einfach ertragen mussten. Jedenfalls hätte man das glauben können, bis in unserer nächsten Umgebung etwas Ungeheuerliches geschah, wovon ich zuerst erfuhr, als ich bei unserem Zeitungshändler meine wöchentliche Zigarettenration kaufte, wo zwei Frauen den Fall aufgeregt diskutierten. Eine junge Frau, die dem Zigarettenhändler sogar bekannt war, habe noch nachts, nachdem sie von einer Geburtstagsfeier nach Hause gekommen war, ihren Hund ausgeführt und sei dabei überfallen und fast vergewaltigt worden. Auf dem schmalen Weg zwischen der Grünanlage auf der einen und dem Kindergarten mit dem großen Spielplatz auf der anderen Seite, etwas abgelegen von Wohnhäusern, hätten zwei Männer, von der Frau als südländischer Typ beschrieben, sie zu Boden gezerrt und mit einem Messer bedroht. Sie habe sich vergebens gewehrt, aber ihr kleiner, weißer Hund, eine Mischung aus Zwergpudel und Terrier, habe wütend gebellt und einen der Männer ins Bein gebissen, worauf der andere Mann den Hund erstochen habe. Die junge Frau, der die Angst bis dahin die Kehle zugeschnürt hatte, soll beim Anblick ihres toten Hundes dann aber so gellend geschrien haben, dass die Männer die Flucht ergriffen hätten.

So ein niedlicher kleiner Hund war das, sagte der Zigarettenhändler, Micky hieß er. Und eine der beiden Frauen sagte, diesen Weg würde sie im Dunkeln nie gehen, schon gar nicht, seit neuerdings diese Leute – sie machte eine kleine Pause und blickte vielsagend von einem zum anderen – in der Nähe untergebracht seien. Lieber mache sie einen Umweg.

Der Angriff auf die Frau, vor allem aber der Tod des kleinen Hundes, war das Gespräch in der Apotheke, im Blumenladen, an der Kasse im Supermarkt, überall, wo ich hinkam. Am Tag darauf stand es sogar in der Zeitung. Frau Wedemeyer rief mich an, um zu fragen, ob ich von dieser abscheulichen Tat gehört hätte und was ich darüber dächte. Sie habe ja selbst einen Hund, und wenn sie sich vorstelle, sie müsse mit ansehen, wie er ermordet würde, allein bei dem Gedanken müsse sie weinen. Sie habe sich schon Pfefferspray bestellt. Was soll das bloß noch werden?, fragte sie, und das klang so, als erwarte sie tatsächlich eine Antwort von mir.

Ich hatte am Morgen gerade in der Zeitung gelesen, dass man unter massivem Protest der linken Bewegung achtzehn von den Millionen jungen Männern, die man zuvor ins Land gelassen hatte, nun wieder in ihre Heimat befördert hatte, achtzehn von einer Million.

Ich weiß es nicht, aber nichts Gutes, sagte ich.

Obwohl der Überfall auf die Frau mit der Sängerin und dem eskalierten Streit um sie absolut nichts zu tun hatte, verhielten sich die beiden Ereignisse zueinander wie kommunizierende Röhren. Die Erregung über die versuchte Vergewaltigung und den abgestochenen Hund ließ die Wut über die Sängerin, vor allem aber über die Niederlage, die man im Kampf gegen sie erlitten hatte, zudem aufgeheizt vom triumphalen Gebaren der Sängerin seit ihrem Sieg, wieder hörbar ansteigen. Flüche und Drohungen in Richtung ihres Balkons, die in letzter Zeit ganz verstummt waren, schossen wieder durch die Straße; hin und wieder versuchte es jemand mit ermahnenden Worten, die von der Sängerin mit wilden Schimpfkanonaden beantwortet wurden. Eines Tages hingen drei, kurz darauf sogar vier schwarz-rot-goldene Fahnen aus den Fenstern unserer Straße. Mir war immer noch nicht klar, was diese Flaggerei bedeuten sollte, da außer Loretta und einer sehr freundlichen polnischen Familie nur Deutsche in der Straße wohnten und das demonstrierte Heimatrecht eigentlich keinen Sinn ergab. Trotzdem steigerte sich dieses Bedürfnis gänzlich zur Groteske, als an einem Sonnabendnachmittag aus den offenen Fenstern einer Wohnung im hinteren Drittel der Straße volkstümlicher Chorgesang erklang, der deutlich erkennbar nicht aus dem Radio oder von einer CD kam, sondern aus den Kehlen leibhaftig anwesender Menschen. Sie sangen »Der Mond ist aufgegangen«, »Es blies ein Jäger wohl in sein Horn«, »Ännchen von Tharau«, »Am Brunnen vor dem Tore«, »Sah ein Knab' ein Röslein stehn«, »Hoch auf dem gelben Wagen«, und zwar alle Strophen, was darauf schließen ließ, dass sie die Texte extra ausgedruckt und verteilt hatten. Außerdem war der Gesang durchaus keine Zumutung, sondern klang harmonischer und geübter, als man es von einer spontanen Zusammenrottung hätte erwarten dürfen. Ich glaubte mich zu erinnern, dass Lottas Mutter einmal erwähnt hatte, sie singe in einem Kirchenchor. Vielleicht hatte sie einige ihrer Mitsänger zu diesem Auftritt überreden können. Sie sangen fast zwei Stunden. Vor den Fenstern der Wohnung versammelten sich ein paar Leute, manche gingen ins Haus, um mitzusingen, andere lachten und applaudierten oder gingen erheitert weiter. Ich habe niemanden beobachtet, der wütend wurde, außer der Sängerin natürlich, die auf die unerwartete Konkurrenz zuerst ihre ganze Sangeskraft samt technischer Unterstützung aufbot, und nachdem das sich als wirkungslos erwies, hinter ihrer Balkontür verschwand und sich erst am Sonntag wieder blicken ließ. Die kurze Zeit ihrer Unantastbarkeit aber hatte offenbar ihre Maßstäbe verschoben. Die neuerlichen Angriffe der Straßenbewohner erwiderte sie mit so ungezügelter Wut wie nie zuvor. Sie ließ ihre Operettenhelden mit voller Lautstärke erschallen, während sie selbst ihren begleitenden Part eher brüllte als sang. Vorübergehende Passanten, in denen sie samt und sonders Feinde erblickte, bewarf sie mit Sand aus ihren Blumenkästen, bespritzte sie mit Wasser oder bedachte sie ohne besonderen Anlass mit wüsten Beleidigungen. Sogar ich überlegte, ob es nicht an der Zeit war, wieder einmal die Polizei zu rufen, aber ehe ich mich dazu entschloss, hatte mir jemand diese peinliche Aufgabe abgenommen, wofür ich kurz darauf, nachdem das Unglück geschehen war, große Dankbarkeit empfand. Die Sängerin tobte gerade lauthals auf ihrem Balkon, als der

Streifenwagen vorfuhr. Was danach geschah, kannte ich nur aus den Erzählungen von Frau Wedemeyer, die es von den direkten Nachbarn der Sängerin gehört hatte. Die Sängerin war den beiden Polizisten wie von Sinnen und mit einem Küchenmesser in der Hand entgegengestürmt, und als sie sich auf den ersten stürzen wollte, sprang dieser zur Seite, so dass die Sängerin die Treppe hinunterfiel und sich dabei ihr eigenes Messer in die Brust stieß.

So landete unsere kleine Straße in der Zeitung, von da in Facebook, Twitter und so in der Welt. Über die Sängerin wurde nicht mehr berichtet, als dass sie eine verwirrte Person war, für deren unglücklichen Unfalltod die Polizeibeamten aber in keiner Weise verantwortlich waren, da sie sich gegen den Angriff der Frau nicht einmal zur Wehr gesetzt hatten, sondern ihm nur ausgewichen waren. Trotzdem twitterte eine bekannte Politikerin einer Oppositionspartei, es wäre die Aufgabe der Polizei gewesen, die verwirrte Person zu schützen und nicht sich selbst, was allerdings auf allgemeine Empörung stieß.

Es war nun still in unserer Straße. Und obwohl sich alle diese Stille gewünscht hatten, schien sie auf den meisten jetzt als Schuld zu lasten. Jedenfalls vermied man es, über die Sängerin zu sprechen, und wenn doch die Rede auf sie kam, dann mit einer Nachsicht, die ihr, als sie noch lebte, niemand gegönnt hatte. Ich dachte nachträglich, dass die Sängerin eigentlich einen angemessenen Tod gefunden hatte, einen Tod, der ihrer Leidenschaft für das Theatralische und ihrer Liebe zur Oper würdig war.

16.

An den Vormittagen, wenn unsere Straßenseite
noch im Schatten lag, saß ich auf dem Balkon, las
die Zeitung, telefonierte mit Rosa und suchte bei
der Droste immer noch nach den Verszeilen, die
meinen Aufsatz eindrucksvoll beschließen könnten.
Hin und wieder stand ich auf und warf einen Blick
in die Straße, die mir ohne das Spektakel der Sängerin fremd vorkam, unvollkommen, wie der Blick
aus meinem Küchenfenster im vorigen Jahr, nachdem man drei Bäume im Hof des Nachbarhauses gefällt hatte. Auf dem Balkon der Sängerin baumelte
schlaff der pinkfarbene Luftballon, welke Ranken
hingen über die Brüstung. Nein, ich vermisste sie
nicht, trotzdem beunruhigte mich der Anblick ihres
plötzlich und endgültig verlassenen Balkons. Sie war
ja nicht einfach weggezogen in eine belebte Straße,
wie Frau Herforth vorgeschlagen hatte, oder in ein
Heim mit anderen Verrückten, sie war tot. Tot, dieses kleine absurde Wort, von dem man weiß, was es

bedeutet und es trotzdem nicht versteht. Die vier schwarz-rot-goldenen Fahnen hingen als stumme Revolte noch immer aus den Fenstern und bestärkten mich in der Vermutung, dass die Sängerin nur am Rande Adressat dieser Aktion gewesen war.

Aber ich musste zurück in den Krieg, um einen würdigen Schluss für meinen Aufsatz zu finden. Ich durchforschte noch einmal *Die Schlacht im Loener Bruch*; bis auf die letzten Verse des Epos verweigerte die Droste jede Verallgemeinerung, die mir für meinen Zweck nötig erschien. Aber schließlich schrieb ich für die Festschrift einer westfälischen Stadt, für die Nachfahren der Droste, so dass die Konkretheit der westfälischen Dichterin auf Verständnis stoßen sollte, zumal sie in der allerletzten Zeile eine groteske Volte schlug, mit der sie noch einmal knapp zweihundert Jahre übersprang und mitten im angstvollen Geraune der Gegenwart landete. Also beendete ich meinen Aufsatz mit den gleichen Versen wie die Droste ihr Schlachtenepos:

> Zweihundert Jahre sind dahin:
> Und alle, die der Sang umfaßt,
> Sie gingen längst zur tiefen Rast.

Der Tilly schläft so fest und schwer,
Als gäb' es keinen Lorbeer mehr;
Und Christians verstörter Sinn
Ging endlich wohl in Klarheit auf.
Wie trüb die Zeit der Kunde Lauf!
An seiner Krieger moos'gem Grab
Beugt weidend sich das Rind hinab,
Und schreiend fliegt der Kiebitz auf.
Willst du nach diesen Hügeln fragen:
Nichts weiß der Landmann dir zu sagen;
»Multhäufe« nennt er sie und meint,
Stets sey Wacholderbusch ihr Freund.
Am Moore nur trifft wohl einmal
Der Gräber noch auf rost'gen Stahl,
Auf einen Schädel; und mit Graus
Ihn seitwärts rollend, ruft er aus:
»Ein Heidenknochen! Schau, hier schlug
Der Türke sich im Loener Bruch!«

Ich las meine kleine Abhandlung noch einmal vom Anfang bis zum Ende, fand dann doch, dass ein entschiedenes Wort zum Schluss fehlte, das dem Ganzen rückwirkend zu mehr Autorität verhelfen könnte, und erinnerte mich, vor kurzem in der Zeitung ein beeindruckendes Zitat über den Krieg von Albert Einstein gelesen zu haben. Ich suchte bei Google unter *Zitate – Krieg – Einstein* und fand es sofort:

»Ich bin mir nicht sicher, mit welchen Waffen der dritte Weltkrieg ausgetragen wird, aber im vierten Weltkrieg wird mit Knüppeln und Steinen gekämpft.«

Diesen Satz stellte ich kommentarlos, dafür in kursiver Schrift, an das Ende meines Textes.

Ehe mich irgendwelche Zweifel überkommen konnten, steckte ich mein Werk in ein Kuvert, schrieb in entschlossener Schrift die Adresse darauf, suchte im Internet nach dem verlangten Porto, das ich überzahlen musste, weil ich die passenden Marken nicht hatte.

Auf dem Weg zum Briefkasten stellte ich mir vor, wie mein Auftraggeber das Kuvert öffnen und Seite für Seite lesen würde. Während des Schreibens hatte ich kaum noch einen Gedanken an den Empfänger meiner Arbeit verschwendet, was mir jetzt, da ich das Produkt meiner wochenlangen Anstrengung auf den Weg zu ihm brachte, plötzlich fahrlässig vorkam, an meinem Zustand zufriedener Erleichterung aber nichts änderte. Unterwegs kaufte ich Zigaretten und eine Zeitung und kehrte auf ein Weizenbier in die

»Kaskade« ein. Ich überblätterte alle Artikel über Syrien, Russland, geglückte oder verhinderte Terroranschläge, den neuen Präsidenten der Vereinigten Staaten und entschied mich stattdessen für einen Bericht über Biber und einen Politiker, der einige kulinarische Rezepte für Biberfleisch veröffentlicht hatte, was eigentlich nur als Satire gemeint war, aber wegen der allgemeinen Diskussion über die hohe Biberpopulation und die daraus erwachsenden Schäden für Aufsehen sorgte.

Ich erfuhr, dass auf dem Konstanzer Konzil von 1414 bis 1418 beschlossen worden war, den Biber wegen seines schuppigen Schwanzes nicht mehr als Nagetier, sondern als Fisch einzugliedern und somit die Fastenspeisen um ein Fleischgericht zu bereichern, denn der Biber, behauptete die Zeitung, schmecke nach Wild. Inzwischen aber stand der Biber unter Naturschutz, durfte ungehindert Bäume absägen und Deiche unterhöhlen, auch wenn dadurch die anliegenden Felder überflutet wurden. Ich war trotzdem für die Biber. Vor drei Monaten, als ich Munin noch nicht kannte, hätte ich mich wahrscheinlich anders entschieden.

Zu Hause suchte ich nach einem Buch, das nichts mit dem Dreißigjährigen oder einem anderen Krieg zu tun hatte, auch nichts mit Mord und Totschlag sonstiger Art. Ich entschied mich für Natalia Ginzburgs *Stimmen des Abends*. Es war schon lange her, dass ich es gelesen hatte. An die Geschichte konnte ich mich nicht mehr erinnern, nur dass sie mir gefallen hatte, wusste ich noch. Ich legte mich auf das Sofa, die Sonne schien durch die offene Balkontür auf die Seiten des Buches, so dass es mich blendete und die Buchstaben vor meinen Augen flimmerten. Nach zwei oder drei Seiten schloss ich die Augen, lag nur so da und ließ mir den Windhauch übers Gesicht streichen. Frieden, endlich Frieden.

Als ich erwachte, saß Munin auf dem Buch, das ich immer noch in der Hand hielt, und starrte mich an. Ich war zu überrascht, um daran zu denken, dass ich mir vorgenommen hatte, das Gespräch auf keinen Fall selbst zu eröffnen.

Hallo, sagte ich.

Wie geht's, sagte Munin, hast du dich beruhigt?

Meine Freundin hat dich nicht gehört.

Wie sollte sie?

Ja was? Sprichst du nun oder sprichst du nicht?

Du sprichst mit mir, sagte Munin.

Und du antwortest.

Dir, sagte Munin, ich antworte nur dir. Finde dich

einfach damit ab. Wenn du willst, können wir uns weiter unterhalten.

Willst du?

Auf mich kommt es nicht an. Das entscheidest du allein.

Eigentlich konnte ich mir nicht vorstellen, dass Munin aus meinem Leben wieder verschwinden könnte, wie sie gekommen war, als wäre sie nur ein Spuk gewesen. Mit einer Krähe sprechen ist schön, hatte Rosa gesagt, und dass ich nicht verrückt sei, sondern mir eine neue Welt erschlossen hätte.

Warte, sagte ich, flieg nicht weg. Ich ging in die Küche, suchte nach etwas Essbarem für Munin, mixte mir einen Gin Tonic und überlegte, ob ich mich der dauernden Zwiesprache mit Munin wirklich gewachsen fühlte. Es ist das Tier in dir, das sie versteht, hatte Rosa mir zugeraunt. Das Tier in mir war mir unheimlich. Als ich zurückkam, saß Munin auf dem Tisch und sah mich erwartungsvoll an. Hast du dich entschieden?, fragte sie. Es klang, als wäre ihr meine Antwort nicht gleichgültig.

Na gut, sagte ich und hob mein Glas, auf das Metaphysische und den Nebelkrähengott! Eigentlich gefällt mir der Gedanke sogar, dass die Welt voller Götter ist. Früher, als es noch viele Götter gab, ging es zwischen Menschen und Göttern viel interessanter zu.

Da habt ihr mich und meinesgleichen noch verehrt, sagte Munin. Erst als ihr die Sache mit dem einzigen Gott erfunden habt, dessen einzigartiges Ebenbild ihr natürlich seid, ist alles aus dem Gleichgewicht geraten. Davor konnten auch Tiere Götter sein oder Mischwesen aus Mensch und Tier. Darüber lacht ihr heute.

Munin senkte ihren Kopf, als wollte sie nachdenken, verharrte so eine Weile und sprang dann unvermittelt auf mein Knie. Das war noch nie passiert.

Hej, sagte ich leise und strich ihr mit dem Zeigefinger vorsichtig über das schwarze Köpfchen. Es fühlte sich weicher an, als ich erwartet hatte.

Ach, sagte ich, das Lachen vergeht uns gerade, seit sie das Genom entschlüsselt haben und wir wissen, dass sogar die Maus und der Mensch zu neunundneunzig Prozent genetisch übereinstimmen. Besonders für die Gottgläubigen muss das ein Schock sein. Denn wenn der Mensch Gottes Ebenbild ist, dann müsste ja auch Gott zu neunundneunzig Prozent eine Maus sein oder ein Affe oder sogar ein Biber. Dann ist alles Gott.

Munin krächzte zufrieden. Das sage ich doch die ganze Zeit. Ich bin Gott.

Ja, sagte ich, du bist Gott. Und ich bin der Teufel, oder was?

Du bist ein Mensch und so ähnlich wie Gott.

So ähnlich wie du?

Darüber können wir uns nun unser Leben lang unterhalten, sagte Munin, krächzte noch einmal zum Abschied und flog durch die offene Balkontür in die Nacht.

*

Nachtrag:

Zwei Wochen nachdem ich meinen Aufsatz an die Westfälische Kleinstadt abgeschickt hatte, bekam ich Post vom Bürgermeister. Er habe meine Arbeit mit großem Interesse und Gewinn gelesen, müsse mir aber leider mitteilen, dass sie ihm für den gegebenen Anlass, der ja ein Fest der Freude und des Friedens werden solle, doch zu pessimistisch und düster erscheine. Ganz gewiss würde sich in naher Zukunft ein anderer Verwendungszweck finden lassen, und selbstverständlich werde mir meine Mühe wie abgesprochen bezahlt. Mit freundlichen Grüßen …